L'ombre d'un grand oiseau

Catherine Poulain

L'ombre d'un grand oiseau

ARTHAUD

82, rue Saint-Lazare
CS 10124
75009 Paris

ISBN : 978-2-0802-8368-9

À la fauconne,
aux grands fauves de mon enfance,
au silence des bêtes,
à mon père.

« L'ombre d'un grand oiseau me passe sur la face. »

Saint-John Perse,
Anabase, VII.

I

Les plus belles étaient vertes ou bleues

« Mon Dieu, faites-moi un oiseau que je puisse m'envoler loin d'ici. »

Forrest Gump,
film de Robert Zemeckis (1994).

Tout est le début éternellement au temps de l'enfance, depuis la mort de la première mouche sur une plage trop vaste, le massacre des fourmis noires, l'abeille sur la neige, les couleuvres d'eau, tout est le commencement de tout, miracle sans cesse renouvelé. Les lieux, les saisons, leurs merles tombés du nid, les bêtes, cette merveille. Sans elles, tu seras si seule.

*

* *

D'abord c'était les petites bêtes, les minuscules, avant même ces fourmis noires que nous noyons avec mes sœurs dans des récipients de dînette pour en faire des soupes infâmes, apprenties sorcières en herbe. Dans la rondeur tendre de nos ventres d'enfants, il y a comme un frisson au moment de la mise à mort, qui est lente, un palpitement nouveau entre nos cuisses maigres, bouleversement au chaud de là où c'est trouble et secret. Le spasme doux grandit jusqu'au plaisir très suave de l'hallali des fourmis noires. Petites filles aux ongles roses incrustés de terre, chattes zébrées de fauve qui filent dans les herbes hautes serrant entre leurs crocs d'ivoire un oiseau broyé, part animale de l'enfance, dévoyée et lâche quand elle apprend le pouvoir, le prend – part humaine ?

Au loin, on entend le gouffre et sa cascade, ou plutôt on le devine le monstre sombre Gourfouran[1] qui pourrait bien nous engloutir. Les parents nous ont mises en garde, il ne faut pas l'approcher, on tomberait nous les enfants. Alors on noie des fourmis. Elles se débattent, on fait traîner. Le marronnier nous protège étendant l'ombre de ses bras velours et ça fait comme un kaléidoscope quand on renverse la tête. Au travers de ses cimes le soleil. Oh la lumière. L'écho de nos rires s'élève en trilles jusque dans le bleu du ciel, voix claires qui se mêlent à celles du

1. Nom d'un gouffre dans la vallée de Freissinières (Hautes-Alpes).

peuple d'en haut. Mais chantent-ils les oiseaux ? Appels à l'aide, invectives, menaces… hurlent-ils les oiseaux ? Pour nous, lyncheuses de fourmis noires, ils chantent. Douceur et cruauté, tels les deux pendants d'un même balancier.

Bien avant le massacre, il y a une petite fille sur la plage immense. Au loin la mer. Elle miroite. L'enfant avance, elle veut aller voir plus loin. À peine sait-elle marcher. Le parasol bariolé s'éloigne. Dessous il y a la mère dans un maillot bleu sombre. À nouveau son ventre est rond. Près d'elle, dans le couffin, un bébé. Les deux aînées jouent à ses côtés. Où est le père ? Il nage papa. Le soleil tape fort. Ses jambes incertaines ont du mal. Elles cèdent. Agenouillée, la gamine regarde, le ciel, un cerf-volant rouge, le sable, brûlant sous ses mollets. Il scintille. On dirait de l'or. Pour l'instant ce n'est qu'*elle*, le monde est si vaste, ses contours imprécis encore. *Je* viendra plus tard avec la parole. L'enfant baisse les yeux, elle voit la mouche dans un creux de sable. Mais était-ce une mouche vraiment. À son âge tout insecte volant ne l'est-il pas, abeille quand ça pique ? La mouche s'épuise dans une ascension lente et vaine. Les grains de sable roulent sous ses pattes et lorsqu'elle semble avoir atteint le haut du cratère enfin, le versant s'effondre à nouveau et elle retombe au fond du trou. L'enfant n'ose pas avancer un doigt qui pourrait l'aider – et si c'était une abeille ? Elle voudrait la guider avec une algue sèche. Elle est maladroite. C'est tellement difficile d'apprendre un corps, marcher d'abord puis tous ces gestes qu'il faudrait savoir coordonner, jusqu'à la parole qui semble pire encore. La mouche a faim et soif peut-être ? Sans doute qu'elle a peur. Solitude du vivant. Les larmes font des taches orangées quand tu regardes le soleil. Qui dansent. Des voix te font lever la tête. Trois enfants font cercle. Tu clignes des yeux. — T'es perdue ? Tu voudrais répondre, les mots se bousculent et s'emmêlent. Tu ne sais pas parler et bégaies des sons inaudibles et confus, désignant l'infime cratère de ta paume ronde. D'un coup de talon, l'aîné enfouit l'insecte à tout jamais dans le sable. — Elle est morte maintenant, elle peut plus te faire mal la sale bête. Tes sanglots redoublent, ils t'étouffent. Non… non… tu ânonnes entre deux hoquets. Ils sont gentils. Ils n'ont juste pas compris. Le soleil brûle. Tout est de ta faute. Une grande femme te prend dans ses bras. Sa voix est douce. Elle est très belle. On te ramène au parasol bariolé. — Mais qu'est-ce qu'elle a encore ? disent tes sœurs, les futures tueuses aux genoux cagneux avec lesquelles tu noieras les fourmis un jour. Tu pleures. Je pleure. Tout est de ma faute déjà.

Elle a cinq ans la gamine. J'ai cinq ans et je reviens de l'école en luge. Dernière neige, la glace est bleu sale dessous. Elle poisse et je me prends le mur en atteignant la maison. Après, j'attrape mes skis de bois dans la remise. — Je vais dans le champ du Seigneur, maman. Arrivée en haut de la pente douce, je noue les sangles de cuir à mes godillots. Puis je me lance. Ça ne glisse même plus. Le printemps bientôt ? Alors je rentre. En chemin je trouve une abeille sur la neige. Elle a froid l'abeille. Je retire ma moufle, la prends dans ma paume. Je souffle dessus. Elle bouge un peu. Je cours jusqu'à la maison, les doigts repliés sur ma merveille. Maman me donne du miel. Je mets l'abeille dans une assiette avec le miel, je pose l'assiette sur le rebord de la cheminée, là où il fait plus chaud. Maman remet une bûche pour l'abeille. J'attends que la vie lui revienne. Elle meurt dans la nuit. Je pleure en repartant pour l'école, derrière mes sœurs, les deux grandes. Leurs nattes dansent sur les anoraks bleus.

Papa est pasteur dans un petit hameau des Alpes. Chez nous c'est le chalet, le vieux clocher de bois et la salle paroissiale où papa fait le culte chaque dimanche. Et alors il entonne les cantiques de sa voix profonde et grave, les cloches résonnent au-dehors et la voix claire de maman s'élève à son tour, frémissante de toute la passion qu'elle porte en elle. Mon cœur vibre avec eux. Chez nous c'est la montagne, ses ruisseaux, le champ du Seigneur. Ses herbes m'aveuglent tant elles sont hautes quand je le parcours au printemps. Une grosse boule de joie gonfle ma gorge alors et mes yeux s'emplissent de larmes. Parmi nous il y a Dieu, il nous entoure, il est partout. Dans l'eau du torrent et l'avalanche qui a fait trembler le chalet une nuit, la robe de coton bleu ciel de maman et les pivoines de papa, et l'abeille sur la neige, et même peut-être Gourfouran le gouffre. Il est tout cela et bien plus encore. Je vis dans une trinité sacrée dont il est l'un des pivots, ma famille et la montagne les deux autres. Le reste du monde ne m'intéresse pas. De toute façon il n'existe pas.

À l'école cinq filles, entre quatre à huit ans. Avant il y avait des garçons, Roland et Georges, mais ils sont partis parce qu'ils n'avaient plus l'âge. Jacqueline c'est la plus petite. Parce qu'elle a peur et pleure souvent, l'institutrice l'entraîne dans la cave malgré ses hurlements et l'enferme dans l'obscurité avec les rats des heures durant. On l'entend crier pendant que la maîtresse reprend le cours des aînées. J'écoute, Jacqueline dans la cave qui bêle, cabri immolé, et la leçon des grandes. J'apprends. Au fond Jacqueline, ça ressemble aux fourmis noires que l'on s'amuse à noyer. Ça me fait comme mal au ventre, peur aussi. Quand la maîtresse va enfin la sortir du noir, elle a l'air toute brisée la petite, des plaques rouges marbrent sa figure, ses yeux gonflés peuvent à peine s'ouvrir. Les mèches blondes de ses nattes rebiquent en tous sens. Pauvre Jacqueline. Ce n'est plus une chevrette égorgée, plutôt une truite tirée des eaux.

Avec Georges – qui est en apprentissage à présent –, on s'en va chercher des plantes grasses, celles avec une fleur rouge qui s'élève comme une étoile. Il est vraiment gentil d'emmener une petite de cinq ans qui vient taper à sa porte. Pour les plantes grasses, celles qui vont fleurir. On va presque jusqu'au gouffre, Gourfouran le terrible. Ne va pas plus loin il me dit toujours. Je sais je réponds, ça pourrait m'avaler si je tombe. On ramasse des plantes grasses. Pas plus que dans mes deux mains. Faut rentrer. Le soleil brûle. Il y a des fourmis rouges dans les mottes de terre. Elles courent sur mes bras et jusque dans mon cou. Ça pique, je dis. Ce n'est rien il me répond, elles sont toutes petites et toi tu es plus forte, et tu les veux les fleurs ? Oui c'est pour maman. Je suis fière, marcher à côté de Georges, les fourmis rouges, c'est même un bonheur, je n'ai pas peur, je ne crains rien, c'est pas grave si ça fait mal parce qu'on marche ensemble sous le soleil, que je l'aime Georges, et que bientôt je vais tendre les fleurs à maman, elle me donnera la pioche et j'irai les planter devant la maison.

Ma sœur a une poule qui s'appelle Agathe. Les lapins n'ont pas de nom, ni les canaris ni le poisson rouge. La chienne c'est Polka et les chattes Minette. Viendront Émilie et Tonio, et bien d'autres encore. Nos cochons d'Inde. Il y aura aussi les escargots, leurs noms seront écrits sur la coquille, à l'encre de Chine. Et puis les têtards. Mais là, j'ai oublié comment ils s'appelaient.

L'été on va en Bretagne. Papa conduit la 4L, maman assise à ses côtés, un bébé sur les genoux qui pousse d'année en année. Un jour, la benjamine devenue trop grande rejoint ses sœurs sur la banquette arrière. L'une ira dans le coffre sur un pliant. La place de choix et c'est chacune à son tour. Sur le toit y a la grosse malle en fer. Un soir, la voiture touche un lapin. Il est très tard et on s'endormait. Papa s'arrête. — Ne regardez pas dit maman. De toute façon, il fait nuit. Les petites filles à l'arrière écarquillent les yeux dans le noir, papa revient. — C'est fait il dit. Maman se tait. Je vois leurs visages silencieux et tendus, le halo très jaune des phares sur la route désertée, la lande autour, genêts fantasmagoriques. — Papa l'a tué ? je demande. Taistoi disent les sœurs. Chut ! dit maman. Je l'ai achevé dit papa, faut jamais laisser souffrir. Presque il pleurerait. Ça veut dire quoi achever ? Tais-toi disent les sœurs. Ils sont fatigués, papa la route et le lapin, maman ses grenouilles et le lapin aussi.

Il y a la fête au vieux château fort, mon lampion s'est enflammé et le feu d'artifice embrase la nuit. Nous rentrons. Mes sœurs ont pris les devants. Papa porte les plus jeunes. Je tiens la main de maman. Devant nous, la lande encore. On entend la vague au loin. Regarde la Lune dit maman, des hommes marchent dessus ce soir tu sais. Moi je pense à mes bras nus. Je serre les dents. Ça pique. Je souris. Dans le noir maman ne verra pas. Elle serait pas contente. Pourtant, ils ont faim les moustiques aussi. Des hommes sur la Lune ?

Après, on file vers la maison des grands-parents. Les enfants sont lâchés au matin, petit troupeau à demi sauvage qui s'en va courir la campagne, les bois, ils s'envolent sur leurs vélos dans la descente qui mène au bourg.

L'été s'embrase sur les vignes. Il y a des puces dans les lits et des vipères sous le tas de pierres, à côté du puits moussu dont nous tirons l'eau pour nous laver dans la cuvette en émail, et la boire, et faire cuire les pâtes, et les œufs à la coque au soir, et pour le broc du cabinet dehors. Grand-père tremble et devient tout rouge dès que ses petites grenouilles approchent du puits. Jamais je n'en verrai aucune. Je les rêve alors, les jolies vipères, déjà j'ai pris des couleuvres d'eau entre mes mains. C'était doux et délicat, ça ondoyait dans ma paume. Elles avaient un collier vert. Il y a des frelons dans une cheminée, celle dont on ne se sert plus depuis longtemps. Tout le monde les craint. Moi je les aime bien, lourds et maladroits qu'ils sont. Il y a des mouches encore, les plus belles sont vertes ou bleues. Elles brillent dans le soleil quand elles se gorgent des fruits dorés, les mirabelles éclatées sur la margelle du puits. Il y a le chant flûté des crapauds au soir, des nuits constellées, et l'agneau qui bêle dans le champ voisin parce qu'on lui a pris sa mère. Il y a la dame blanche qui hulule. Je ne sais pas encore que c'est elle qui va nous apporter la mort.

Au temps du déclin, la fin de l'été, les mouches meurent contre les vitres, les parcourant de plus en plus mollement jusqu'à tomber exténuées, presque sèches déjà, cherchant une issue qui n'existe pas. Leur mort inexorable me fait peur, comme si je pressentais qu'un jour je pourrais être la mouche.

Qui se rappelle pourquoi on n'entend plus chanter le coucou après le 15 août ? Peu de gens sauront que c'est en mémoire des oisillons, morts dans l'incendie du gerbier. Depuis, en signe de deuil, tous les coucous se taisent lorsque revient le temps des moissons, tandis que la femelle abandonne ses œufs dans un autre nid, le sien ayant brûlé avec sa couvée.

*

* *

On quitte la montagne pour un autre presbytère. Au fond du grand jardin, des cabanes. Dans l'une, il paraît que Voltaire est mort. Mais pourquoi n'était-il dans la maison au chaud ? Sa nièce s'appelait la grosse cochonne et elle lui faisait boire son pipi quand il demandait de l'eau. Les cochons ne boivent pas leur pipi. Quelle drôle d'idée. Faut croire qu'il avait très soif Voltaire. J'aime bien les cochons, tout encombrés dans leur gros corps on dirait, et comme ils braillent, ça me fait rire toujours. Ma sœur Marie, elle a vu quand on les tuait pour faire du boudin. Ils criaient fort les cochons. Je n'aime pas y penser. Il y a un beau clocher encore. Un jour j'irai là-haut. Papa a remis des cages à lapins. Quelquefois il en tue un et on le mange. On n'a pas le droit de voir. Maman tanne la peau pour la mettre sur le vieux fauteuil. Moi j'apprends l'échange de sang avec les arbres du jardin, de sève plutôt mais c'est pareil.

Il va falloir apprendre une nouvelle école, le monde des autres. Avec les autres viendra la peur. Ça crie le monde, ça s'agite, ça fait des simagrées sans cesse. Les autres, jusque-là, c'était mes parents et mes sœurs, la vieille Mlle Niel qui écrivait un livre dans sa cuisine sombre sur *La Glorieuse Rentrée* des parpaillots à Dormillouse[1], c'était le beau Georges et le grand Roland, et le très vieux couple qui vivait près du lavoir – maman allait prendre leur température quand ils étaient malades, faisait les piqûres, mettait le suppositoire parce qu'eux ne savaient pas, ils laissaient le plastique autour et ça leur faisait mal. C'était la petite Jacqueline

1. Accessible seulement à pied, Dormillouse est le seul village habité à l'année du parc national des Écrins.

braillant dans la cave de l'école, chevrette sacrifiée par la maîtresse, et le parfum sec des étés brûlants, relents de roche, poussière, lavande, le souffle glacé de la neige nouvelle, et la dame énorme, dans sa lourde demeure surplombant la vallée, la seule au hameau à avoir la télévision. Elle affirmait que le présentateur lui souriait quand elle portait sa plus belle robe. Maman l'appelait la baleine échouée. Le monde, avant, c'était la terre, la montagne, ses herbes démesurées au printemps et le miracle des joubarbes, étoiles de sang sous le soleil, le silence ouaté de l'hiver, le bruit de tonnerre des congères dévalant du toit. Et puis les bêtes, surtout les bêtes. L'odeur du nouveau cartable, de la gomme en plastique et des cahiers neufs, c'est celle du chagrin. J'ai mal au ventre tout le temps. — Mais il n'y a rien ? dit le docteur. — Ça me brûle et me tord. Non, il n'y a plus rien.

La maîtresse est gentille pourtant. Elle nous parle des animaux. Elle les aime, et c'est comme un fil secret entre nous. Quand je la regarde, elle baisse les yeux et toujours me choisit pour distribuer les cahiers qu'elle a corrigés au soir. Je me retiens de le faire trop souvent. C'est comme la prière, il ne faut pas exagérer. Autrement ça ne marcherait peut-être plus ? À la récréation, les institutrices arpentent la cour les bras noués derrière le dos, se racontant leurs choses à elles. Mains croisées dans les reins, tête basse, à distance prudente, je fais pareil parce que je m'ennuie et ne sais pas que faire de moi. Je regarde les petits cailloux blancs, je pense, je suis tranquille et même heureuse, jusqu'au jour où la maîtresse me prend à part. — Va retrouver tes petites camarades ! Il faut jouer tu sais ? Je comprends que cela ne se fait pas. Pour lui faire plaisir, je rejoins les autres et leurs cris. — C'est le plus bel âge de ta vie l'école, me dit l'épicière. Ça promet, je n'ose pas répondre.

On nous apprend un beau poème. Je le récite à voix basse dans mon lit le soir *Seigneur je suis très fatigué, je suis né fatigué, et j'ai beaucoup marché depuis le chant du coq et le morne est bien haut qui mène à leur école. Seigneur, je ne veux plus aller à leur école. Faites, je vous en prie, que je n'y aille plus. [...] Ils racontent qu'il faut qu'un petit nègre y aille pour qu'il devienne pareil aux Messieurs de la ville aux Messieurs comme il faut. Mais moi je ne veux pas devenir comme ils disent, un monsieur de la ville un monsieur comme il faut [...] Seigneur, je ne veux plus aller à leur école*[1].

Assise à mon pupitre, je regarde le ciel derrière les carreaux embués. Cléopâtre me fixe de son œil grave quand je retire le couvercle orange du petit pot de colle et porte à mes narines l'odeur douce et suave d'amande verte. Ça me rappelle les arbres, la vie, l'au-dehors.

Plus je connais l'homme et plus j'aime les bêtes. La phrase est recopiée sur mes premiers cahiers d'écolière. Je la découvre par hasard. Révélation. Les mots me semblent aussi puissants que ceux du *Pater noster* récité chaque soir, après que maman nous a lu la Bible pour enfants, papa est venu chanter *Quand tout se tait sous la ramure, rossignolet des bois, ta voix pure* que nous reprenons en chorale, le poème *La biche brame au clair de lune et pleure à se fendre les yeux : son petit faon délicieux a disparu dans la nuit brune*[2], le cantique *Oh que c'est chose belle de te louer Seigneur, de chanter ta splendeur d'un cœur humble et fidèle...*, mon préféré, celui que

1. Poème de Guy Tirolien, poète guadeloupéen.
2. Poème de Maurice Rollinat.

j'entonne quand je m'en vais tôt le matin courir les champs, les jours où il n'y a pas école, que tous sont endormis encore.

Très vite les merles vont tomber du nid. Depuis que tu sais marcher – parce que tu cours à présent et grimpes aux arbres, et parles un peu des fois quand la grande famille te laisse la parole –, ils ne cessent de tomber les merles, printemps après printemps. Année après année ils n'arrêtent plus d'appeler une mère qui ne revient pas, de crier leur détresse et de pleurer de faim dans le jardin, parce qu'ils sont petits, qu'ils ont peur, que des chats rôdent pour les dévorer après s'être longtemps amusés d'eux. Toi, tu guettes. La mère ne revient pas. La minette est à l'affût. Tu entends l'oisillon brailler dans les herbes hautes. Tu le cherches. Il te fuit. Tu le cernes. Enfin tu le tiens. Entre tes mains, c'est doux et tiède, tremblant. Aie pas peur, tu murmures, tu trembles presque autant que lui. Tu le ramènes à la maison, le souffle court, les mains jointes comme si tu tenais le Sacré-Cœur entre tes paumes. Pourvu qu'il ne meure pas celui-là. Désormais une mission te porte. Elle devient ta raison de vivre, ton unique appréhension et ta seule urgence lorsque tu ouvres les yeux au matin. L'oiseau ! Tu bondis dans le rire haché du pic-vert, le hennissement fiévreux d'un merle.

Quelquefois, il est vivant. Quelquefois, il a survécu à sa première longue nuit de solitude. Tu prends la petite bêche et t'en vas creuser la terre, fossoyeur candide, pour récolter des lombrics gras et rosés. Ils te font de la peine les lombrics, toi qui après la pluie ramasses les égarés sur la route pour les remettre dans la terre. Quand quelqu'un te surprend, tu les caches dans ta poche après avoir craché dessus. Presque tu les lécherais, faut pas qu'ils sèchent ou qu'ils s'étouffent : ils mourraient, tu l'as lu dans *La Vie des bêtes* ! Tu apprends le choix. Sacrifier des vies pour en sauver une que tu leur préfères. Il y a quelque chose d'obscur à cela, dérangeant, mais tu n'as pas le temps d'y penser, le merle pousse son appel. Cri perçant. Il a faim !

L'école hélas. — Tu le nourriras maman ? Dis, tu n'oublieras pas ? Les vers de terre sont au frigo, dans la boîte en fer, et puis j'ai mis l'œuf dur écrasé avec. Maman s'en occupe. Elle aussi aime les oiseaux. Elle aime toutes les bêtes, maman. Faut bien ça pour avoir pondu cinq poulettes, minettes, demi-tigresses, agnelles aussi, et parfois même mésanges.

Celui-là a survécu. Il a grandi, perdu tout le jaune qu'il avait autour du bec. Un jour, il s'est entraîné à voler. Un autre jour, il est parti et n'est plus revenu.

Le jour se levait à peine et par la fenêtre, on voyait le ciel se teinter de mauve. Nous déjeunions avant de partir à l'école. Il y avait un cèdre mutilé. Sa branche faisait un arc. Et sur la courbe nue un merle juvénile, ramassé sur lui, semblait attendre. Il avait l'air d'avoir froid. Quand des oiseaux passaient, il s'aplatissait, les ailes écartées, en position d'oisillon attendant la becquée. Il tendait le cou et son bec ouvert. Mais toujours les autres poursuivaient leur vol. Ne regarde plus m'a dit maman, autrement je vais mettre ma main sur tes yeux. Mais moi je ne pouvais pas. J'aurais tout donné pour le nourrir, encore une fois aller creuser la terre pour lui ramener de ces lombrics gras et rosés.

Et chaque matin c'était pareil. — Elle pleure encore ? disaient les sœurs. Jusqu'à ce qu'un jour on ne le voie plus.

J'ai quatre sœurs, moi au milieu, glissée entre elles, pas de place à défendre ni de statut à protéger. Je suis un genre de pont sur lequel on ne fait que passer. Un pont qui partira un jour, ça je le sais déjà. Il y a Lou d'abord, puis Marie, les grandes, ensuite viennent Diane et Rachel. Avec Lou on prépare des fugues. Elle est tête en l'air, c'est moi qui mets les quignons de pain de côté pour en remplir le sac en toile que m'a cousu maman. — On aura faim en route, tu sais… Mais elle s'en fout, Lou, ça la fait rire. — C'est la cigale, l'oiseau sur la branche, dit maman. Pour finir on ne part jamais, papa découvre le complot toujours avant le grand départ. — Eh bien allez-y, mes filles ! il nous dit gentiment. On est vexées. Qui nous a vendues ?

Marie c'est la secrète. Longtemps elle a eu peur des gros chiens. Elle apprend, sans cesse, toute seule avec le dictionnaire derrière ses longs cheveux sombres. Les capitales du monde entier, l'anglais bien avant l'heure et mot à mot qu'elle recopie longuement sur des cahiers. Elle se lave tous les jours quand nous on essaye d'éviter. Marie, je n'ose pas lui dire que je l'aime tellement j'ai peur qu'elle soit trop toute seule, et seule parce que je ne l'invite jamais aux fugues, et qu'elle est plus intelligente que nous, et que ça a l'air d'être un sacré poids l'intelligence. Une responsabilité ? Alors je l'aime en secret. Diane c'est un soleil. Comme un soleil elle prend la place, comme la lumière. Papa et maman en sont fiers et toujours c'est elle qu'ils envoient en premier quand quelqu'un vient à la maison. Diane, si c'est un soleil, c'est un volcan aussi et une petite guerrière déjà. Une justicière. Sûrement que c'est la plus belle. Elle est Zorro quand on joue. Moi, les Indiens. C'est ça, la vie.

Et puis Rachel. Bébé elle était rigolote, édentée et chauve comme un vieil homme hilare. Une face de petite renarde sous des boucles fauves lui est venue dans un corps de chevrette, on devine la biche en route dans le faon gracile.

Maman est professeur d'histoire et de géographie mais elle n'a plus le temps depuis que nous sommes nées. Elle trouve du travail un jour, caissière à l'Uni-Prix du Grand-Saconnex. Elle y va en mobylette avec la grosse bleue qui est si difficile à faire démarrer. Une fois elle tombe dans la cour. Elle rentre à la maison, elle saigne au genou et elle pleure. Papa l'aide alors à faire partir la Motobécane. Elle va être en retard, c'est sûr, et le contremaître va encore parler d'histoire de culottes aux employées qui vont baisser la tête et faire semblant de pas entendre. — Préparez la soupe pour ce soir, elle dit. C'est important de savoir faire la soupe dans la vie, le reste vous l'apprendrez bien assez vite. Souvent elle est épuisée maman. Quand on se prend une baffe on sait pourquoi, on a dépassé les limites. Fallait respecter sa fatigue. Même à cinq ans ou bien avant, on peut comprendre que l'amour il est dans les deux sens. Que les parents sont tout petits aussi et qu'il faudrait les protéger parfois. Quand maman explose, je pense à une mère lionne qui enverrait bouler ses petits d'un coup de patte excédé. Les lionçonnes se calment et font profil bas un instant. Après elles recommencent mais elles font attention. Si maman meurt on meurt aussi. C'est si simple la vie.

Papa ne prend jamais la voiture parce que ça pollue, que ça coûte trop cher et qu'on va avoir des centrales nucléaires si ça continue. On va à l'école à pied, à vélo, plus tard avec le bus scolaire quand ce sera le collège. Moi j'aime mieux le vélo. Faut éteindre chaque lumière quand on quitte une pièce. Pour l'électricité. Parce que ça va être le nucléaire autrement. On éteint tout. On fait attention. On a peur des bombes et de mourir déjà. J'écoute la sirène des pompiers le mercredi, je retiens ma respiration. Si c'est trois fois c'est la guerre. La guerre nucléaire.

On va aux manifs. On est heureux. C'est ça la vie.

Maman est partie retrouver grand-père. Il est malade. On nous envoie dormir chez nos amies. À la tombée du jour je cours sur la route, aveuglée par les larmes. La clé du presbytère est cachée sous la pierre. J'ouvre la porte. Je me précipite à tâtons jusqu'au portemanteau du couloir, guidée par la trace de l'absente. Je me jette dans son odeur, enfouis mon visage dans le caban couleur de nuit. J'hume et renifle. Je sanglote. Je bêle comme un agneau. Maman. Reviendra-t-elle ?

Papa a fait des bêtises et l'on doit partir. Faut dire que maman l'a bien aidé, c'est elle qui lui a appris la politique. La rébellion a suivi. En plus, il fume des Gauloises, papa. Moi j'aime bien l'odeur, mais les vieilles dames de la paroisse prétendent que cela a quelque chose à voir avec le diable, comme les réunions du PSU, distribuer les tracts à la sortie du temple contre la guerre et Franco ou aller aux manifs avec maman. — Préparez la soupe on reviendra tard ! elle dit. Et ils

rentrent au soir, il fait nuit noire, ils sont heureux comme deux enfants. Ça rayonne dans leurs yeux. Ils rient : la police les a encore coursés. Mais bon, un pasteur ne doit parler que de Dieu disent les gens de la paroisse, et la réunion syndicale pour les travailleurs immigrés c'était vraiment de trop. On y est toutes allées, Rachel serrée contre maman parce qu'il faisait froid et qu'elle est trop petite encore pour comprendre. La nuit était tombée depuis longtemps. Des banderoles claquaient au vent, accrochées à l'énorme grue orange. Elle rutilait sous l'éclat blanc des lampes de chantier qui donnaient des reflets étranges aux visages sombres, tendus vers l'estrade improvisée. Dessus, une toute petite femme très pâle criait justice :
— Neuf heures par jour c'est trop ! Solidarité...
Les grands hommes l'écoutaient gravement et je sentais dans les yeux noirs un respect pour elle, inconnu jusque-là, quelque chose de brûlant, et comme une joie. Parfois un mot fusait, le son âpre des voix quand la femme s'est tue, presque une musique. Ces regards, leurs mains épaisses, ils m'intimidaient tant ils étaient beaux. Rachel s'était endormie et papa a pris Diane dans ses bras. La réunion prenait fin. Déjà il fallait rentrer.

On quitte le vieux presbytère avec son clocher, ses cabanes – celle où Voltaire est mort très malade en buvant son pipi. Des religieuses nous prêtent une drôle de maison toute en hauteur. J'apprends le *Je vous salue Marie pleine de grâce*, ça marche bien des fois cette prière, vous devriez essayer je dis aux parents. Ils rient, je ne sais même pas pourquoi.

Enfant, je me suis envolée si souvent sur mon Hirondelle de Saint-Étienne[1]. Il était rouge mon vélo, comme mes joues de gamine pédalant contre le vent dans la grand côte. Mais si je décollais parfois c'était pour retomber très vite. Cet instant merveilleux à vous couper le souffle, quand la roue avant dérape dans les graviers de la descente, me projetant dans les airs vers le ciel blanc et ouateux. Je lâche tout, guidon, poignée, j'ouvre les bras, je pousse un hurlement de joie… Ça y'eeeest je vole ! La chute est toujours rude et je la connais bien, mais peu m'importe de rouler dans la boue ou m'écraser sur le goudron quand j'ai connu une telle ivresse. Je sais depuis

1. Marque de vélos commercialisée jusque dans les années 1960.

longtemps déjà que l'on n'a rien sans rien. Le prix à payer est une gloire. Ce qui ne me tue pas me fera voler plus fort. Oh la sagesse de l'enfance.

J'ai grandi. Bientôt onze ans. On me met dans le train avec ma valise. On m'a bien expliqué, il faut changer à Lausanne. — Tu regardes sur le grand panneau et tu demandes au chef de gare ! J'arrive à Lausanne. Je descends vite de peur que ça reparte sans m'attendre. Le train pour Payerne part sur la voie d'en face. Je m'applique. J'ai posé ma valise sur le rebord du quai, je regarde bien de chaque côté, un train peut en cacher un autre, m'a-t-on toujours dit. Je me laisse glisser en bas de l'énorme tranchée, pose mes pieds sur les galets du ballast, jette encore un long coup d'œil à droite et à gauche, saisis ma valise, traverse en courant. Je la hisse sur le quai, le gravis à mon tour. Et le train est là ! Je suis contente, je sais voyager toute seule.

À Missy, je découvre la ferme et Zita la chienne, la bonté de tante Édith, la tendresse gauche et rugueuse d'oncle Fritzy qui toujours boite et ça lui fait mal, le beau Pierre resplendissant comme un soleil. Je suis trop petite pour qu'il me marie un jour, je sais. C'est dommage. J'aurais eu une grande famille avec lui, nos vaches et leurs veaux je veux dire.

Il y a d'autres mouches là-bas, celles que je retire des rubans adhésifs. Nous mangeons. Mes yeux guettent à la sauvette les tortillons haïs. Une imprudente s'y pose. Ses pattes engluées. Je retiens mon souffle. Qu'elle tienne seulement jusqu'à la fin du repas sans basculer et y coller ses ailes. La mouche bascule. J'entends les zonzonnements plus distinctement que la voix d'oncle Fritzy et du beau Pierre à la table qui parlent vaches, moisson, regain. Beau Pierre décapite une guêpe qui se posait dans son assiette. J'ai un haut-le-cœur et baisse les yeux sur ma tranche de lard bouilli en retenant mes larmes. Enfin, ils se lèvent les hommes et franchissent la porte dans la lumière éblouissante du dehors. La vaisselle avec tante Édith s'éternise. Les bourdonnements sont des appels de plus en plus urgents et tragiques. Tante Édith étend le dernier torchon puis s'en va ramasser des concombres pour l'usine. Il n'y a plus que moi dans la cuisine. Je peux me mettre au travail : libérer les mouches une à une. La colle est puissante et, malgré mes efforts, certaines y laissent les ailes. Il paraît que ça repousse, c'est écrit dans *La Vie des bêtes*. Après je les lave les mouches, avec minutie, enduisant délicatement les corps minuscules de produit à vaisselle avec un petit morceau d'éponge. Je les rince ensuite, puis je les dépose sur le rebord de la fenêtre, pour qu'elles sèchent. Il fait grand soleil. Elles seront bien sur la margelle. Je m'en vais rejoindre tante Édith et les concombres qui piquent les doigts.

Mais pourquoi faut-il que je les retrouve mortes presque toujours, les pattes en l'air lorsqu'il leur en reste ?

Le beau Pierre doit ravitailler le berger de l'alpage. Il m'emmène. C'est un éblouissement. Je redescends bouleversée. Quand je serai grande, je serai ermite avec les vaches. Je ne redescendrai plus jamais des montagnes, je dis à tante Édith au soir après la vaisselle. Il te faudra bien retourner en bas pourtant quand viendront la neige et le froid. Faut qu'elles mangent les bêtes. Ah, tu crois ? — J'en suis même sûre. Et puis tu le sais ? Les vaches vêlent à l'automne, leurs veaux mourraient de froid et de faim, et les mères aussi si vous restiez là-haut. Alors tante Édith, je pourrais être ermite et vétérinaire ?

Je ramasse des pétales de rose avant de retourner voir le nouveau-né. Hier, le vétérinaire est venu, il avait des gants transparents et bleus qui lui remontaient jusqu'aux coudes. C'était long et compliqué, il a entré son bras dans la vache. Elle beuglait un peu, sourdement et de plus en plus fort comme si elle avait très mal, et puis il a sorti un sabot, et puis l'autre, puis les pattes, le museau a paru et il a fallu tirer fort jusqu'à ce qu'il naisse, le petit veau tout gluant. J'espérais dormir à l'étable. Tante Édith n'a pas voulu. J'ai regretté, mais dans la chambre j'ai déjà un hérisson, je ne pouvais pas le laisser seul non plus, s'il s'échappait et que tante Édith le découvre, elle n'aimerait pas à cause des crottes. Des tiques aussi. Il fait beau. Les pétales, je les mets dans une boîte en plastique, avec l'eau de la pluie que j'ai prise dans le seau. Je laisse macérer le tout au soleil : je voudrais faire du parfum. Quand je reviens, au chaud de l'après-midi, des mouches sont entrées dans la boîte et s'y sont noyées. Je les ressors une à une. Même pas mortes. Peu à peu elles reprennent vie et s'essayent à marcher. Elles tournent sur place en vrombissant des ailes. Elles retombent, se relèvent pour zigzaguer encore. Elles sont saoules ! Je suis fière et c'est un secret : plus tard je serai inventrice, déjà j'ai découvert le vin des Drosofilles[1] ! (C'est comme ça qu'on les appelle dans *La Vie des bêtes*.) Je retourne à l'étable. Zita me rejoint. Je flatte Églantine, la très douce, celle qui a les plus grosses mamelles. Je masse le pis pour en faire venir le lait puis je tète avec ma bouche de petite fille. Le lait coule sur mon menton et jusque dans mon cou. C'est tiède et doux. Je ris. Zita a soif aussi. Alors je trais la vache dans ma paume. La chienne lape. Mes mains sont petites et je dois recommencer encore et encore. Églantine n'aime pas Zita, elle me laisse faire pourtant, petite génisse que je suis. Après on court à la rivière. L'été l'eau est si claire quand je m'en vais pêcher la truite avec ma canne en noisetier. Le clou retourné ne plaît pas à la truite. Jamais je n'en prendrai aucune. J'aime bien la pêche.

Je reste à la ferme le temps des vacances. C'est un déchirement quand il me faut quitter la ferme pour retrouver le monde, l'école, les autres – les

1. Drosophiles, du nom scientifique.

humains je veux dire. Moi je voudrais seulement courir les champs avec Zita, dormir dans la grange entre les balles de foin, voir naître les veaux et donner le biberon à ceux qui ont faim. J'aime les vaches, leurs yeux de velours et leur démarche de reines. Elles sont bonnes les vaches. Qu'elles sont belles.

On m'a traitée de pisseuse parce que je suis une fille. Je suis une pisseuse qui voudrait s'appeler Bill. Mon cadeau d'anniversaire et je n'en veux pas d'autres. Ce serait si simple au fond, mes parents auraient juste à décider que je suis garçon. Les filles de l'école sont trop bêtes, les rêves étriqués de princesse m'ennuient. Et leurs poupées Barbie, déjà trop maquillées, grosse poitrine rose dressée comme une armure, des jambes démesurées qui jamais ne sauraient monter aux arbres, elles sont tout ce que je ne veux pas devenir. Moi, plus tard, avec mes vrais genoux, écorchés ronds et solides, je veux construire des toits, des bateaux, être guérillero avec les hommes du Che, vétérinaire aussi. Et garde forestier, mais là il paraît qu'on ne prend pas de femmes dans le métier. Oui je rêve d'être un garçon. D'ailleurs, des hommes le croient déjà quand ils me montrent leur grand sexe rouge au carrefour. — Un jour, tu en auras un comme celui-là, ils disent gentiment, tu veux pas monter dans la voiture avec moi ? Oh merci beaucoup monsieur, je murmure, et je m'échappe. — Mais comment font-ils pour rentrer ça dans leur pantalon ? Il n'y a que la petite Caroline avec laquelle je m'entende. Caroline c'est les chevaux qu'elle aime et elle jure qu'il n'y aura jamais qu'eux dans sa vie. On se couche sur la route dans les mauvais virages, attendant des camions qui toujours arrivent très vite. On se relève à temps et on rit beaucoup. Notre cœur bat aussi vite que leurs coups de klaxon furieux. Autour de nous, les grands champs. On lorgne les chevaux et on s'imagine en cow-boys, cavalant jusqu'à l'école, faisant coucou aux bons élèves et repartant dans un nuage de poussière. Un jour un taureau s'échappe, juste après les camions. Il est beau le taureau. Émerveillement, peur, stupéfaction, on n'ose plus bouger. Il fonce droit sur nous. Pétrifiées, on le regarde arriver l'œil fou. Le camion on l'attendait mais lui c'est autre chose. L'éleveur sort de la ferme en criant et le taureau fait demi-tour : un chien l'a détourné à temps. On reprend la route. On ne dit plus rien. Tant pis pour les camions. On s'entend bien toutes les deux.

Garçons manqués, nous ? On reste des vraies pisseuses. C'est beau la vie.

*

*   *

J'ai voulu une tortue pour mes onze ans. Elle en est morte. Je l'avais appelée Dolorès pour son regard immuable, venu du fin fond des temps, sa peau d'écaille jaunie et cireuse, son cou ridé, ses pattes lourdes. Elle en est morte Dolorès. Maman avait percé le rebord arrière de sa carapace pour y fixer un anneau auquel j'avais noué une longue cordelette. Dolorès menait sa vie de tortue dans le jardin et régulièrement, il fallait la libérer des broussailles dans lesquelles le lien s'était emmêlé. Mes sœurs ou moi le faisions. J'aurais aimé que cela ne soit que moi. J'ai voulu être la seule à l'aimer et un jour je l'ai enfermée dans le sous-sol. Un large soupirail amenait du soleil sur la vaste stalle que je lui avais aménagée avec du foin, de l'herbe fraîche, des pierres sous lesquelles se glisser. Je lui portais à manger. Elle ne manquait de rien. Mes sœurs l'ont oubliée très vite. C'était enfin ma Dolorès à moi. J'allais l'admirer en cachette. Et puis je suis tombée malade. Quand je l'ai retrouvée, des insectes couraient dans ses orbites vides. Elle avait dû m'attendre. Deux mois d'hôpital où j'ai cru mourir. Le cauchemar pour nous deux mais moi je m'en étais sortie. Je n'ai rien dit à personne tant le poids de ma faute était abominable mais j'ai compris ce jour-là devant ma Dolorès, morte de faim, que posséder était tuer.

La bête a pris racine en moi à cause du *Pater noster* – c'est le Pardonne-nous nos offenses qui m'avait rendue malade. Déjà toute petite, quand nous vivions à la montagne dans cette trinité lumineuse, ma famille, la nature et Dieu, elle devait m'avoir repérée la bête. Pardonne-nous nos offenses. Je ne comprenais pas le sens de ces mots. Pour quelle faute ? Ils étaient où mes péchés ? J'avais beau réfléchir, je n'arrivais pas à les trouver. Peut-être que j'avais pété, sans faire exprès, en dormant, puisqu'il faut s'excuser quand on pète ? N'avoir pas suffisamment demandé pardon, moi ? Quand les deux aînées m'entendaient le psalmodier dans l'obscurité de la chambre et le silence des montagnes, presque bébé encore que j'étais, litanie fébrile, prière ininterrompue ? Surtout ne pas fermer les yeux et laisser le sommeil me gagner, pardon pour ce que je n'ai pas commis et ne connais pas, pardon de mon ignorance et de ma faiblesse, pardon Dieu, je serai toujours gentille je te promets mais ne me punis pas, ne me balance pas dans l'horreur du cauchemar, le trou sans fond de la nuit, pardon... pardon... pardon encore... Résister. Jusqu'à l'épuisement et sombrer en dépit de moi dans le grand gouffre obscur. J'avais quatre, cinq ans ? Je suis sûre que la bête tentait déjà de s'introduire par les issues les plus fragiles et les plus douces de mon corps. Ça me réveillait. J'appelais ma mère dans le noir. Tout de suite elle était là. — *Il* est dans mon lit maman, *il* me touche le dessous des pieds, sous mes épaules aussi je le sens, derrière mes genoux et entre mes cuisses maman, fais-le partir ! Elle orientait le halo de la lampe électrique jusqu'au plus profond des draps. — Il n'y a rien mon petit Joseph, il nous faut dormir maintenant. Je la laissais repartir. Il n'y a rien peut-être, je pensais, mais moi je le sens, je sais qu'*il* est là, que ça veut entrer dans moi.

Maman m'appelait son petit Joseph parce que j'avais des rêves – comme le garçon de la Bible. À trois ans déjà, j'espérais Dieu sur le balcon, immobile, fixant le ciel, la montagne, les pivoines rouges de papa quand je baissais les yeux, et la lumière jaune soufre du *floribundas*[1] qu'il avait planté de ses mains. Patiemment je l'attendais. Que fais-tu ? demandait maman lorsqu'elle me trouvait là. — J'attends Dieu. C'est elle qui m'a raconté. Je me souviens juste de l'attente paisible, des pivoines et du rosier merveilleux.

Maman nous a appris à lire elle-même, très tôt, avant même l'école. Un soir que j'étais allée chercher papa dans son bureau, à l'heure de la soupe, je me suis tournée contre la vitre. Je me souviens que je portais une petite robe de chambre en Nylon orange. Grand-mère me l'avait cousue. Dehors la nuit était profonde et sombre. L'orage grondait. Le bruit du tonnerre se répercutait entre les barres rocheuses, un roulement sourd qui parfois éclatait dans une déflagration assourdissante. Soudain un éclair a illuminé le ciel. Il était vert. *Je t'aime* était écrit dans une écriture calligraphiée parfaite, jambages à l'arrondi gracieux. Plus d'un demi-siècle après, je peux les voir encore les mots, jaillissant de la voûte obscure. C'était Dieu bien sûr. Je l'ai raconté ce soir-là au repas et souvent par la suite. Personne ne m'a crue je crois.

1. Variété de rosier.

Mais moi je savais que c'était vrai. Cela me suffisait. Petit Joseph.

C'est entré en moi des années plus tard, quand j'ai caché Dolorès pour être la seule à l'aimer. Le monstre du Mal est arrivé une nuit. Je venais de m'endormir. Je me suis sauvée dans un coin de la chambre. Il paraît que je hurlais. Je me souviens seulement d'un tourbillon de terreur pure. Le médecin est venu et m'a fait une piqûre de Valium. La bête est partie. Mais après elle est revenue, dans une explosion qui chaque nuit me pulvérisait. Cela commençait par un roulement sourd dans mes tympans, bruit de tam-tam terrifiant se rapprochant. La vague s'amplifiait en même temps qu'un raz-de-marée brûlant envahissait mes épaules, déferlant sur ma nuque jusqu'à emplir ma tête entière qui semblait se révulser d'horreur, de peur, de douleur. Un rire dément, haché, enflait en saccades. Les rafales me déchiraient le crâne. Tout n'était plus que hurlement, chaos dans mon corps. On le rouait de coups. Le souffle me manquait. Je me sentais suffoquer, un poisson arraché des eaux, le dedans de ma tête mis à vif comme un gant retourné. C'était le Mal absolu. Il m'avait envahie. Il était en moi. Une longue foule marchait dans le noir et le vent vers la falaise, cinglée par le rire démoniaque. Des gens avançaient, les yeux grands ouverts, dans leurs regards une détresse semblable au gouffre dans lequel ils basculaient l'un après l'autre. Et je ne pouvais rien faire pour les arrêter ces enfants égarés, désespérés, hagards. Quelque chose me disait que c'était là l'humanité. — Tu es à moi, me disait la bête. Elle me faisait si mal. — Et je reviendrai te prendre quand je veux.

Jusqu'à dix fois dans la nuit. Presque j'en mourais. La bête était devenue folle. Non, elle voulait me posséder. Elle me possédait. Quand enfin la crise se calmait, que je pouvais ouvrir les yeux, il y avait mes deux parents penchés à la tête du lit. Je n'avais même plus la force de soulever le bras pour toucher leur visage.

Je crois que je vais mourir, maman. J'avais réussi à porter ma main jusqu'à sa joue, effort surhumain. Tout de suite mon bras est retombé inerte. Je vais mourir, maman.

Pourtant, je n'étais pas morte encore, chaque matin survivante, portée par la marée montante d'un soulagement terrifiant. Jusqu'à son étale. Tapie au fond de mes tripes, l'angoisse se réveillait, insidieuse, grandissant au fur et à mesure que le jour avançait jusqu'à basculer vers son déclin. Le répit n'avait pas duré longtemps. Avec la nuit *il* reviendrait, me martyrisant à nouveau. L'horreur était en route et nul ne pouvait m'aider ni me rassurer. Personne, aucun adulte dont j'avais cru toujours qu'était là le rôle premier, sauver l'enfant de ses démons, aucun docteur. Ni même Dieu, Dieu qui m'avait écrit dans le ciel une nuit de tempête qu'il m'aimait, comment avait-il pu me retirer son amour, protection que je croyais posée sur ma tête à jamais, m'accompagnant comme une ombre. Je n'ai jamais compris ce qui a pu faire que le Grand Mal m'ait choisie. Qui a pu ensemencer le germe, instillant le ferment maudit, l'horreur, prescience du vide et sa tragédie, la falaise et sa chute, conscience du chaos avant l'heure. Mais y a-t-il une heure pour cela ? Avons-nous tous un animal qui nous habite et nous dévore ?

Je ne saurai jamais. Il n'y a pas d'enfer, disait papa, ni de diable, ni même de paradis. Ça n'existe pas. Il a fallu que je l'invente le Styx et son Léviathan, moi toute seule. Faut croire que j'avais de l'imagination.

Ils ont fini par trouver comment mater la créature. Ont-ils trouvé ? Je quittais l'hôpital, un médecin m'a prise à part. Il était gentil, penché sur la petite fille silencieuse. Il a parlé lentement et avec douceur : Il te faudra avoir une vie très tranquille, désormais et toujours, enfin jusqu'au bout… Dormir beaucoup et de longues nuits. Jamais d'alcool ni de tabac, ni rien qui puisse te fatiguer ou t'énerver, tu comprends ? Oui je comprends, oui monsieur bien sûr j'ai répondu. — Mais cause toujours, moi je serai une aventurière je pensais au fond. On m'a bourrée de calmants pendant des mois, Valium, phénobarbital, somnifères, il fallait bien calmer la bête. Pourtant, mon corps vibrait encore, toujours. Ma tête, une harpe douloureuse.

Je n'ai pas suivi ses conseils. J'ai vécu comme je voulais, dans la passion, l'excès souvent. J'ai pris de la dope parfois, ai donné mon corps à la jouissance de l'exténuement. Je me suis saoulée avec bonheur. J'ai brûlé de tout mon temps comme disait l'autre[1], sauf que ce n'est pas assez encore, tant qu'il y a de la vie y a de l'espoir. Je n'ai pas dit mon dernier mot. Ni perdu l'espoir. Ni la vie.

1. Jack London bien sûr !

Mais voilà pourquoi Dolorès est morte, celle que je voulais mienne. Peut-être avais-je juste trop confiance en elle, dans son immuabilité, sa sagesse, sa lenteur, son regard venu du fin fond des temps. Est-ce que je croyais vraiment qu'elle allait m'attendre, se mettre en hibernation pour moi ?

Un cirque et son zoo itinérant venaient d'arriver au village. Trois lamas et deux chameaux s'étaient figés derrière l'église, sur l'herbe jaunie du stade maintenant devenue gris sombre. Montées sur des remorques, des cages vétustes avaient été garées devant le monument aux morts. Un mauvais lampadaire éclairait la place. La lumière blême de son ampoule nue donnait une impression de plus grand abandon aux lieux. Une fontaine, en arrière-fond, chantait. Ça sentait fort, âcres relents d'ammoniaque, de merde mêlés à autre chose de cru et viscéral. Je me suis avancée. Un tigre allait et venait d'un bout à l'autre de sa cage, son manège semblable au balancement obsédant d'un métronome. Dans ses reins fatigués, pelés, une puissance semblait couver, enfouie très loin. Le tigre s'est immobilisé. Il me faisait face. Ce fut un éblouissement douloureux. Son regard coulait jusqu'à moi par-dessous la ligne noire des paupières. J'ai baissé les yeux. Les siens luisaient dans la pénombre, un éclat d'eau et de diamant pour l'enfant que j'étais. J'aurais aimé entrer dans la cage et me livrer à lui. Un feulement étouffé m'a fait me retourner. Je n'ai d'abord vu qu'un pelage très sombre et ras. Il ondoyait. La panthère noire tournait à l'infini entre ses barreaux semblant me fixer sans me voir, dans son regard la même absence, cratère obscur d'un volcan que l'on croirait éteint.

J'avais oublié le reste du monde quand neuf coups ont sonné au clocher. J'ai sursauté. La place n'était plus seulement vide, soudain elle paraissait désolée. Je suis revenue à la vie et m'en suis arrachée.

Moi je rêvais qu'ils me dévorent, les fauves tristes de mon enfance, embrasser leur chagrin et qu'en retour ils m'aiment. Qu'ils m'étreignent. Qu'ils me déchirent de leurs griffes et me lacèrent de leurs crocs, me mettent en pièces. Qu'ils m'absorbent. Entrer en eux. Pénétrer leur beauté, sauvagerie perdue, emmurée quelque part. J'aurais voulu qu'ils me libèrent.

Je vois un peuplier tomber. Arraché par le vent il gémit longuement, avant de basculer dans un fracas de bois éclaté.

On m'envoie reprendre des forces près d'oncle Fritzy et tante Édith. Beau Pierre est maintenant fiancé avec une belle institutrice. Ils s'aiment beaucoup, déjà elle est enceinte. Je retrouve les vaches, Églantine n'est plus là mais Zita m'attendait. On court à la rivière comme au temps d'avant. Un jour la chienne veut jouer trop fort et l'idée lui vient de me noyer. C'est l'automne, fini les roses. Il a beaucoup plu. Un ciel très lourd pèse sur les eaux chargées de la Broye[1]. Le courant est violent le long des berges abruptes. Comme au temps d'avant, j'étreins la chienne et nous roulons ensemble sur le chemin. Zita se prend au jeu, elle saisit mes poignets, m'entraînant dans la pente avant de s'éloigner. Je ris et me relève mais déjà elle revient. Son regard a changé. Se rapprochant de moi, elle gronde, cercles concentriques dont je suis la cible. Je ne ris plus. — Zita ! je crie, on joue ? Elle ne m'entend plus. Je tente de regagner le chemin, m'accrochant aux herbes qui cèdent entre mes mains. Je glisse, me reprends, j'ai gagné quelques mètres, je pense au chemin. Il est là, juste derrière

1. Nom de la rivière.

la butte. J'ai presque atteint le haut du remblai que réapparaît la chienne. On dirait que c'est elle qui rit à présent de ses babines retroussées, la bave aux lèvres. À nouveau elle m'encercle. Je m'affole. J'agrippe une motte herbeuse, la chienne enserre mon avant-bras, les racines lâchent entre mes mains. Ses crocs me font mal quand elle me fait redévaler, toujours plus près des berges profondes et noires. Je ne sais pas nager. J'appelle au secours dans la campagne de novembre, ses chaumes éteints, les champs noirs des patates que nous venons de ramasser, l'horizon brumeux... Il bascule à chaque fois que je chute. Elle va gagner Zita, me foutre à l'eau et me noyer, ma meilleure amie, au secours. Personne ne m'entendra jamais, la Broye va me broyer pour de bon. L'eau est toute proche à présent, son souffle glacé sur ma peau, déjà il est dans mes narines. Zita s'acharne, je me débats, l'éclat de ses yeux, de ses dents, je ne suis plus que son gibier. Dans son regard je vois la traque. Elle me lâche un instant, recule, m'observe avant de bondir à nouveau. La prochaine fois sera la bonne. Alors je rampe jusqu'à elle. Poussant un long hurlement je la saisis à bras-le-corps. Je me raccroche à son cou que je mords à pleine gueule.

Et encore et encore. Des poils rêches se hérissent dans ma bouche, goût âcre et terreux de poussière et d'étable.

La chienne s'est écartée d'un coup. Je me suis relevée, essuyant les traînées de morve sur mes joues. Nous regagnons le chemin et notre condition, Zita redevenue chienne, moi humaine. Ai-je commis un sacrilège en mordant l'animal, a-t-elle enfreint les codes en attaquant l'enfant ? Nous rentrons. Je titube entre deux sanglots. Les chaumes éteints. Le ciel toujours aussi blanc. La rivière et ses eaux noires, hostiles. Nous n'osons plus nous regarder.

Je n'en parlerai jamais à personne mais à partir de ce jour nous deviendrons de vraies amies. Je comprendrai que j'ai des crocs, que je peux m'en servir, jusqu'au sang s'il le faut, elle saura qu'il lui est possible de vouloir me tuer. Le retour de l'instinct. Nous serons à égalité. Plus tard je me dirai encore, pauvre Zita, elle a manqué son heure de gloire. Je ne parle même pas de vengeance mais de cet instant où elle aurait pu se croire bête redevenue sauvage, prédatrice – libre enfin ? – avant de finir sous les roues d'un tracteur l'année suivante. J'ai caché longtemps mes poignets écorchés à tante Édith, petits bracelets de poinçons rouges et bleus, et ça a été la deuxième et dernière faute inavouable de ma vie d'enfant, avoir laissé mourir une tortue et avoir mordu le chien.

*

* *

Il faut partir encore. On se retrouve dans un immeuble. C'est bien la cité aussi, une grande famille. On entend tous les voisins. L'homme à l'étage du dessous qui s'engueule avec sa femme. Parfois il la tape. Quand maman va sonner chez eux un soir pour demander si ça va, la dame lui ferme la porte au nez. Les Italiens du troisième étage aiment la musique et la fête. On les entend toute la nuit comme s'ils habitaient chez nous. Ou nous chez eux. Pas la semaine parce qu'ils sont maçons et qu'ils travaillent dur. On va faire les poubelles avec les petites sœurs pour trouver des bouteilles consignées, après on les ramène au magasin et on s'achète des bonbons. Elles apprennent toutes seules à les voler. C'est plus simple. Moi je n'aime pas ça, l'épicière est gentille, prendre dans son dos c'est pas bien. Je suis là pour les protéger, non ? Les petites, ça les fait rire… Y a plus de merles, c'est dommage, mais une station d'épuration juste derrière l'immeuble, sur un terrain presque sauvage où j'emmène les plus jeunes et leurs nombreuses fratries. On y fait des cabanes. C'est moi qui construis, elles, elles courent et se disputent. Quand ça tourne au pugilat, je récupère mon petit gang et on file ailleurs.

Je deviens enragée quand les gars de la cité embêtent mes poussines. Elles viennent me chercher. Moi qui m'ennuyais sur mes devoirs je redescends les escaliers quatre à quatre, une furie. Je fonce sur les gars, envoie des coups de poing à droite et à gauche mais je ne sais pas me battre et finis presque toujours avec une dent ébréchée. Je rentre tête haute quand même, abritant ma marmaille sous mes deux ailes déployées. Je lèche le sang sur ma bouche et on prend l'ascenseur. Je le bloque en route, juste pour les faire rire. Elles pouffent et piaillent. Le petit Saïd se met à hurler. Vite, je décoince les portes et on repart. Ma lèvre saigne encore un peu. Je suis une vraie guerrière. Les petites sont contentes.

*

* *

Je courais les toits. Déjà, j'aimais les hauteurs. Elle est où, votre sœur ? demandait ma mère aux petites. — Oh pas loin, maman, en haut du poteau télégraphique. Les pylônes aussi c'était bien, fait exprès pour y monter on aurait pu croire, déjà des marches avaient été creusées dans le ciment. Au collège je séchais les cours pour filer en haut du clocher, dans le vieux presbytère déserté à présent. Là je faisais des offrandes de fleurs et de jolis cailloux à Dieu et aux oiseaux. Je regardais le ciel, la terre en bas. J'étais contente. Ils marchaient, les gens, sans me voir. On aurait dit qu'ils rampaient.

Ou alors les arbres. Mais c'était les toits surtout. J'entraînais mes cadettes à grimper plus haut. — Imaginez que c'est Pluton… On a quitté terre ! Un soir, l'une d'elles a voulu escalader un muret, toute seule, dans le noir. Espérait-elle atteindre la Lune ? Elle est tombée et s'est fait mal. — Je voulais aller sur Pluton… disait-elle aux parents entre deux sanglots. Moi j'avais peur qu'elle ait les reins cassés. Mais non, c'était juste le coccyx.

Plus tard j'ai embarqué une autre sœur, la plus jeune, faire un tour en haut de l'immeuble avec son amie Dounia, la petite Leïla, quatre ans et Saïd qui en avait tout juste trois. Promis juré qu'il ne fallait rien dire. Elles ont juré craché. Huitième étage. On a pris l'ascenseur jusqu'au septième puis on a fait le dernier à pied. La porte de fer n'avait pas de poignée, par sécurité, mais je savais l'ouvrir depuis longtemps en glissant un doigt dans la serrure pour actionner la clenche. La petite smala s'est mise à courir en hurlant sur l'esplanade de gravier. Peut-être était-ce le ciel si proche qui les rendait saoules de joie. Il n'y avait pas de parapet, j'ai eu un peu peur, j'ai rassemblé mon *escaroun*[1], et j'ai demandé à toutes de s'allonger. On a rampé jusqu'à la limite du toit. Dessous, très bas, il y avait des jeunes sur leur vélomoteurs, d'autres plantés devant l'immeuble, qui causaient – ou dealaient ? – et puis la rue, les voitures, la cité quoi. Les enfants ont penché la tête en retenant leur souffle. Même le petit Saïd. Leïla a voulu cracher sur la tête des gars et les autres se sont mises à rire et à glapir. Moi j'avais l'impression que ça nous aspirait ce vide. J'ai dit doucement que cela suffisait, qu'on allait redescendre maintenant et qu'on irait faire une cabane près de la station d'épuration. Mais qu'il fallait ramper lentement surtout pour rejoindre la terre ferme. Enfin la terre… Elles ont fait comme je disais et

1. Petit troupeau en provençal.

personne n'est tombé. J'ai refermé la porte en la faisant claquer bien fort. Être sûre qu'elles n'y retournent pas sans moi. Elles n'ont jamais parlé. J'ai retrouvé les toits, les arbres et le clocher.

Moi j'aurais aimé voler. Je voulais juste voler. Mais les enfants, fallait faire attention, ils n'avaient rien demandé, eux.

Une autre fois mais bien plus tard, c'est moi qui ai survolé les oiseaux au-dessus d'un chenal. Je marchais dans les armatures d'un grand pont, sous ses arches de métal, et c'était comme une cathédrale suspendue entre le ciel et l'eau. Le vent soufflait terriblement et très bas, rasant les flots, les mouettes. J'aurais presque pu croire que je volais plus haut qu'elles.

La bête du Mal revint à l'adolescence. On aurait dit qu'elle avait pris goût à mon corps. Dans mes rêves, elle surgissait, plus obscure, plus velue semblait-il, lacérant ma chair là où elle est la plus tendre et désarmée. Seulement à présent elle s'en foutait de mes pieds, leur creux tendre du dessous, elle choisissait le cou, la nuque, les aisselles qu'elle lacérait de ses crocs. Elle redescendait jusqu'à l'aine, j'essayais de me réveiller, de hurler, aidez-moi, sauvez-moi des griffes, mais les mots restaient dans ma gorge et déjà elles entraient dans moi, rasoirs de feu qui déchiquetaient mon ventre, mon dedans. J'avais si mal et si peur. Pourquoi, maman ? — Je ne sais pas. — Je me tuerai si ça continue. Elle ne répondait pas.

On m'a dit qu'il fallait apprendre à refuser, que si je le désirais très fort, cela n'arriverait plus. J'ai essayé pourtant. J'ai pris goût aux lames, caché un premier cran d'arrêt sous mon oreiller comme si cela pouvait faire de moi une créature redoutable. (Plus tard, je deviendrais même la femme-aux-couteaux pour certains.) Mais ce n'était efficace que dans l'éveil, l'humain. La nuit, ça ne servait à rien les couteaux.

La bête s'est tue. J'ai appris à vivre avec. Peut-être n'aime-t-elle que les enfants, les filles avec leurs seins qui poussent, les femmes jeunes encore. Pourtant je la sais endormie en moi. Elle m'avait prévenue, l'animale : Tu m'appartiens, ne l'oublie pas. Je sais qu'il faut faire attention, qu'un jour elle reviendra sans doute et que cette fois elle me tuera. Pour avoir osé vivre libre. Elle me fera payer. Depuis l'enfance et ma sortie de l'hôpital, j'ai juste su qu'elle serait là toujours, quoi que je fasse, qu'au fond je ne craignais plus rien du monde, ni de la vie ni de la mort. Elle m'habitait. La main de Dieu posée sur ma tête dans cette grande nuit d'orage avec son *je t'aime* s'était changée en *la bête en moi*. Où que j'aille, où que je n'irais jamais, je ne pouvais la fuir. Dieu était parti. J'ai eu beau le chercher toute ma vie, je ne l'ai jamais retrouvé. Mais j'ai rencontré l'océan et mon corps vivant, et l'humanité, celle qui tombe de la falaise mais celle qui lui survit aussi, au gouffre.

La chose a ressurgi encore quand un docteur a décidé de m'en guérir. Il a arrêté mon traitement, m'a bourrée de Valium et foutue dans son lit. Lui était pour les médecines douces. Moi j'ai fermé les yeux. J'avais moins peur de son pauvre sexe pathétique que de l'autre bête, la vraie. Et en attendant, cela empêchait peut-être que le monstre ait ma peau. Tout ne serait-il qu'une question de choix au fond, pour la peau et le reste, et une chance que de pouvoir décider lequel vous en dépouillera. — Ah tu pleures ? il disait après. Même pas je répondais. Mais je l'aurais bien noyé le soir où allongé dans son bain, il m'a demandé de lui rincer les cheveux. Enfoncer sa tête de mes deux mains et la maintenir sous la mousse écœurante qui puait les îles Fidji paraît-il. J'ai appris l'impuissance et la haine. La liberté, j'ai vite compris qu'elle était au plus profond de moi. Qu'il y aurait toujours pire que cela, cette fausse étreinte, ce sexe entre mes cuisses et tous ceux qui plus tard viendraient contre mon gré – parce que le monstre lui serait là à l'affût, sans cesse, dissimulé dans mes entrailles.

Mais à ses côtés, je savais l'autre qui résiste, ma vie, sa passion, la joie, et ce quelque chose que nul ne peut atteindre ni toucher. Deux créatures m'habitent : l'obscure, ma tortionnaire, et celle qui court vers le jour. L'ombre et la lumière, tels les deux pendants d'un même balancier.

Quelquefois des vols de pigeons. La vague molle s'épanouissait en corolle au-dessus des toits. On relevait le front, on tournait lentement la tête pour les suivre et c'est comme si cela balayait quelque chose en vous, que l'on redevenait toute claire le temps d'un instant. L'éblouissement peut-être. Il y aura de grands oiseaux de mer plus tard, gonflant le ciel de leurs cris. Je crois que c'était des albatros.

À dix-huit ans, je me suis fait tatouer une mouette dans le pli de la cuisse. J'avais choisi l'aine, pensant que lorsque j'ouvrirais mes jambes, elle volerait vraiment la mouette, et moi dans mon déploiement, sûrement aussi. Elles braillaient les gouelles sur le port de Toulon, rasant les toits, les cris d'allégresse des unes se mêlant aux lamentations des autres tandis que la machine traçait les ailes démesurées sur ma peau. Les mâts, eux, chantaient. Déjà je ne rêvais que de départs et sans cesse me préparais à de nouveaux pèlerinages. Au bout de la route, il devait exister un Graal. Et l'on me disait : « Que fuis-tu ? »

Ne plus ramper.

Ai-je trop couru, ai-je trop aimé de tout mon corps, les lignes de l'oiseau se sont estompées jusqu'à disparaître tout à fait. Partie la mouette. Envolée pour de bon. Et moi je l'ai suivie. Évaporée dans le non-retour.

*

* *

La route m'a prise bien avant l'océan. J'ai largué vers le monde, cap sur l'infini. Je suis partie. Je suis tellement partie, je n'ai jamais vécu que pour cela vraiment, la séparation. Trancher les amarres, m'y briser le cœur et les reins. L'abandon, de quoi, de qui. De tout. Vivre cela et que la douleur me dissolve, qu'elle me tue. Je ne peux pas l'expliquer, je savais cela depuis toujours, un instinct obscur et farouche, qu'il faut partir, qu'il faut toujours partir, qu'il faut se faire violence encore et encore pour se jeter à corps perdu dans le mouvement, au risque qu'il vous rompe. Le mouvement c'est la vie, c'est la survie avant que d'être la vie. Les migrateurs s'en vont à l'automne. Reviennent au printemps. J'ai levé la tête parfois, reprenant ma route : des oies sauvages emplissaient le ciel de leur vol épars et sinueux, cherchant l'ordre qui ne devrait plus se rompre durant des semaines. Je ne m'étonnais qu'à moitié, c'était l'heure pour tous, moi-même ne pouvant plus faire front à la froideur des nuits sous tente, malgré l'amoncellement sans cesse croissant de couvertures trouvées à l'Armée du salut.

Et les oiseaux revenaient... J'arrivais du Pacifique. Le printemps était avancé depuis longtemps dans l'Ouest. Cinq jours que je dormais au hasard des camions depuis les eaux claires de Seattle, la traversée des Rocheuses, la Grande Prairie sur laquelle j'humais la nuit. Cette lueur diffuse à l'horizon, et soudain c'était l'aube et le jour se levait. La lumière qui semblait progresser très lentement avait éclairé le ciel entier d'un coup. Vinrent les interminables forêts de l'Ontario, jusqu'à ce vol serré d'oiseaux qui emplissait le ciel plombé. Je m'étais tant hâtée cette année-là, peut-être n'était-ce que pour cela, franchir les lignes du Québec en même temps que les outardes.

Et j'avance dans le blizzard, les yeux noyés de larmes. Mon cœur se dilate. Je respire plus fort cette expansion de l'âme. Mes poumons s'emplissent d'air glacé, de ce terrifiant bonheur d'être en vie toujours. Une voiture freine à mes côtés. C'est à peine si je l'ai entendu arriver, le bruit de son moteur étouffé par les grandes orgues du vent déferlant sur les bois – La nuit va tomber. Les passages sont rares sur ces routes et bientôt il fait – 30 °C. Il n'y a que les Indiens pour faire du stop en plein hiver et par un temps pareil. — *Are you a native* ?

No, I'm not.

Montez ! Je vais jusqu'à Chicoutimi.

Je m'en vais pêcher le crabe sur la mer de Béring. J'ai très peur. Les hommes du port ouvrent des yeux éberlués. Certains sourient. D'autres me dévisagent avec incrédulité, douceur, ce quelque chose au fond de leur regard — *C'est quoi... pourquoi ?*, qui me fait sentir en route vers un destin terrible. Me regarderaient-ils autrement s'ils ne pensaient que je vais y laisser ma peau ? Je n'en reviendrai donc pas. Quand le bateau touche les quais de Dutch Harbor après trois jours et trois nuits de mer, je suis devenue muette. Les imprécations des mouettes sont lambeaux au vent. Gorge serrée, j'hume l'air, vivante encore. Ouvrir les yeux le plus grand possible. Le temps m'est compté. Collines nues entre ciel et mer dans l'odeur crue des conserveries. Des pygargues impassibles me fixent du haut des mâts. Repartir. Être le goéland qui redéploie ses ailes. *On nous a menti dès le début, il n'y a pas de lois fixes, de genres immuables, d'espèce qui ne soit métissée à une autre, toutes interactives, solidaires, complémentaires.* J'ai largué la sirène.

Largue ou crève.

*

* *

J'ai quitté les routes la mer et les bateaux. Dans une ruelle étroite je pense aux oiseaux là-bas. Presque j'entendrais leurs plaintes dans l'écho du ressac, le gémissement de l'amarre qui cherche à se déprendre, le choc sourd des bollards contre le dock. Ici ce sont des martinets qui traversent le ciel au soir. Leurs sifflements ondulent et s'étirent au-dessus des toits. Je marche en fixant les pavés. La devanture d'un tatoueur capte mon regard. Entre chaînettes et anneaux, je reconnais la perle rouge. Bien sûr elle m'attendait. C'est l'un de ces œufs que je dévorais à même le ventre des saumones lorsque j'avais pêché. Je savais distinguer les femelles à leur profil plus arrondi lorsqu'il me fallait choisir un poisson pour le repas de l'équipage. La vague revient. Je ferme les yeux et chavire en elle. Un goût lointain de jamais-plus emplit ma bouche d'un chagrin épouvantable. *Il palpitait dans la lumière, le ventre argenté du poisson, je le tranchais d'un coup de couteau bref et mordais dans les flancs ouverts, ruisselants de mer et de sang. Les œufs roulaient dans ma bouche. Je les pressais sur mon palais. Ils cédaient, éclatant sous la pression de ma langue. Un goût de semence et d'iode coulait dans ma gorge. La vie. Tu n'es pas un animal, s'indignaient les hommes. Dans leur voix il y avait du reproche et comme une pointe d'envie.* Plus jamais peut-être ce plaisir sauvage dont je me délectais, à pleine gueule, agenouillée sur le pont du bateau, visage brûlé par la lumière d'un jour trop long. Plus jamais ? Je rentre dans le magasin. On me perce la langue pour y piquer un œuf, de saumon.

Lourdeur accablante d'un début d'été. Des mouches bourdonnent dans la pièce. L'une s'est posée sur ma jambe nue. Elle suce ma peau, je n'ai même plus la force de la chasser. Allongée sur mon lit, je regarde le pigeon qui penche le cou contre l'oreiller, me fixant de son œil rond. Sur la table, un bol de semoule, blonde et intouchée. C'est un très jeune oiseau encore d'après le renflement jaune gonflant les commissures de son bec. Je l'ai trouvé il y a deux jours, prostré sous la voiture d'un parking souterrain, rampant dans la poussière. Il s'est laissé prendre tout de suite. Son plumage éteint sentait la pisse et l'huile. Qu'est-ce que je vais faire de toi si tu ne manges pas ? je murmure. L'oiseau se redresse soudain et pousse un cri perçant, piaillement d'oisillon réclamant la becquée. Se ruant sur ma bouche, il pique ma langue furieusement. Sa perle rouge lui a-t-elle rappelé le gosier de sa mère ? J'ai bondi jusqu'à la table. J'emplis ma bouche de semoule. Je reviens vers lui. Agenouillée, je lui présente mes lèvres entrouvertes. Le pigeon y enfouit sa tête. Il mange enfin.

Le pigeon est sauvé. Son cou dépasse du panier calé sur le porte-bagages, quand je pédale dans la grand-côte pour aller soigner la vieille Marguerite. Il regarde le paysage. Il ne se nourrit plus dans ma bouche. Maintenant il sait le faire tout seul.

Je réembarque.

Posée sur le siège de la timonerie à regarder le port, la lune, une mouche. Elle se frotte les pattes, rêveuse peut-être ? Il dort le capitaine, posée sur le ventre, sa main qui va et vient doucement dans son sommeil.

Oh Glenn, regarde l'aigle… il nage ?

Nous guettons les *jumpers*[1] à la barre du petit senneur, les joues échauffées par le sel et le vent, et ces fins de *set*, quand le filet déverse sur nous son flot de méduses violacées. Mon capitaine est intraitable : un aigle ne nage pas. Pourtant il avance le pygargue, plaqué sur l'eau, semblant ramer de ses deux ailes, son calot éblouissant pour nos yeux rougis par les nuits sans sommeil, ou trop peu. Ce n'est que lorsqu'il atteint la berge que paraît le cormoran retenu entre ses serres. Il le hisse sur la roche blanche. Campé sur sa prise, il relève la tête, scrute les alentours un instant avant de lui ouvrir le ventre d'un coup précis et bref. Des premiers viscères pendent à son bec, il les ingurgite lentement, fixe le bateau un instant, plonge à nouveau dans les entrailles tandis que le cormoran tend un cou démesuré qu'il agite en va-et-vient frénétiques. L'aigle le

1. Saumons que l'on voit bondir sur l'eau, lorsqu'ils sont en route vers leurs eaux de naissance pour frayer et mourir.

dévore de l'intérieur. Il prend son temps. Le cormoran essaye encore de se déprendre, l'estomac béant, remuant la tête de plus en plus mollement jusqu'à ce qu'elle retombe inerte tandis que l'autre achève de le vider de ses tripes. Je hais les aigles je murmure. Glenn a un rire moqueur : T'as rien compris. Je ne réponds pas. Mais bien sûr je le savais, que les oiseaux sont des tueurs aussi, que tout est lutte et domination et crainte sous le ciel, violence et fuite dans le monde, éternel combat du vivant pour défendre l'espèce et perpétuer la race. Les oiseaux… non pas ceux de la rengaine qui vivent d'air pur et d'eau fraîche. Un jour pourtant, je saurai qu'il y a pire, quand ne reste plus que la machine, l'ordre, la censure, le neutre, le rien. L'humain dissocié de l'instinct premier. La mort au cœur du vivant.

*

*   *

C'est Noël. Un pétrolier s'ouvre sur les côtes de Bretagne. Des oiseaux meurent par milliers. J'ai ramené pour ma famille du crabe royal de mes pêches, de l'élan et du caribou, et tout de suite il y a le naufrage, celui de l'*Erika* avant celui de ma mère. Dans ma poitrine, mon cœur est un cheval fou qui rue et s'emballe. Je tends le pouce plein ouest. Le 31 décembre au soir j'arrive à Lorient. Où aller à présent ? Je trouve un hôtel Formule 1. Ce sera mieux que la gare. Le quartier est morne. Je laisse mon sac dans la chambre. Il pleut. Ça sent la mer. Les mouettes volent bas. Au coin de la rue, une supérette. Je me fraie un passage entre deux femmes pour saisir une bière dans le rayonnage. L'une a le teint très rouge, des paupières gonflées comme si elle n'avait plus dormi depuis longtemps, ou mal, ou trop, l'autre cache son visage derrière un rideau de cheveux orange dont la teinture est passée depuis longtemps, découvrant des racines grises. Un homme sans âge, ventre proéminent sous un cabas informe, le regard fuyant ou lointain ou ailleurs, compte ses pièces à la caisse pour payer le cubi, le pain de mie, la boîte de raviolis. Je règle mes bières, mon sandwich, et pousse la porte qui résiste. Le vent souffle fort. J'erre un moment sur l'avenue déserte. Une vieille femme empaquetée dans un ciré immense qui lui descend jusqu'aux chevilles s'est blottie dans une encoignure, contre elle des cabas. J'ai froid. Elle aussi sans doute. Qui pourrait avoir besoin de moi à part ma mère laissée derrière. Suis-je si malade et folle pour courir vers tous les désastres quand chacun se prépare à la fête ? Je rentre à l'hôtel. Je retire mes chaussures. Je m'allonge. J'ouvre une bière et allume le téléviseur fixé dans l'angle trop blanc du mur. J'entends les bourrasques frapper la vitre. Devant les célébrations du nouveau millénaire, je verse ma larme. Enfin j'écrase ma canette, éteins la télé. Je m'endors tout habillée entre les draps glacés. Le vent me réveille dans la nuit. Je repense aux oiseaux. Bien sûr il me fallait partir. Une autre marée noire m'aurait avalée. Indifférence, résignation, amertume.

Keroman. L'ancienne base sous-marine a été transformée en centre d'urgence. Des camionnettes font des va-et-vient constants entre les plages et la base, débarquant les cartons souillés dans lesquels sont prostrés des oiseaux épuisés. Les bénévoles ne cessent d'affluer, sac au dos, tous âges et milieux confondus. Nous sommes déjà une bonne centaine. On m'indique un dortoir où déposer mon barda et tout de suite il faut s'y mettre, guidés par un vétérinaire, quelques professionnels de la LPO[1], et un couple lorientais investi depuis toujours dans le sauvetage de la faune sauvage. Trier chaque individu par ordre de soins, réhydrater et nourrir à la seringue, commencer le lavage pour les oiseaux les moins faibles.

Huit jours plus tard je suis embauchée. La responsable du démazoutage m'a prise à part au soir. — Il me faut réintégrer mon poste à la LPO d'Île-Grande. Tu prendras ma place. — Mais je ne saurai jamais. — Je t'ai vu faire. Ce sera ton rôle à présent, encadrer, former, diriger les bénévoles pour le nettoyage des oiseaux. Elle m'a choisie. Je crève de trouille. Rester ouvrière m'aurait suffi.

Le sauvage doit rester sauvage m'apprend-on dès le début, ne tente jamais de l'apprivoiser. Le dénaturant, tu détruirais son essence et par-là sa raison d'être.

On ne cessera de me le répéter.

Avenue de la Perrière, les mouettes, tout le temps. La nuit c'est plus fort encore. Le vrai peuple du port, c'est elles. Ça commence par des

1. Ligue pour la protection des oiseaux.

piaillements aigus quand on croirait le quartier endormi, des cris brefs et rauques suivent. Ils s'enflamment. Le ton monte. Des ricanements font suite aux lamentations ulcérées. Ils s'élèvent, enflent en trémolos, éclatent dans des crescendos tragiques jusqu'à ces vociférations sauvages, ondes de choc qui se répercutent dans la rue déserte. Le tollé semble décroître. Un hurlement féroce le fait rebondir, les clameurs repartent de plus belle. Dans ma chambre d'hôtel, moi, je rêve aux oiseaux. Ils rampent autour du lit, tendant leur cou décharné, les ailes prises dans une poix infâme. Ils crient quand la vague revient, éclatante, ses remous noirs irisés d'un bleu qui luit sous la lune. Le flot nous recouvre. Je suffoque.

Mes avant-bras tuméfiés sont entaillés de coups de bec, mes mains boursouflées, peau rongée par les bains brûlants, rouge cramoisi qui tourne au violet. Le véto me demande d'arrêter, quelques jours seulement. Jamais je réponds, nous n'avons pas le temps, les oiseaux. Les oiseaux toujours. Et nous soignons et nourrissons, et nous lavons, interminablement, cherchant le protocole qui en éliminant les résidus d'un pétrole trop lourd et visqueux, saura redonner son étanchéité aux plumages. Sans cela nos efforts seront vains. L'oiseau rendu à la mer se gorgera d'eau, telle une éponge. La solution nous viendra de chercheurs anglo-saxons : trois bains successifs, la température augmentant pour chacun, celle du dernier atteignant 42 °C.

Je retiens mes larmes à la vue des petites pattes rougies, brûlées par l'eau trop chaude, cuissots humbles et meurtris de vieille femme pauvre. Ma vue se brouille. Je me dis que je suis un pêcheur et qu'un pêcheur, ça ne pleure pas. Je mords mes lèvres violemment. Ma bouche cesse de trembler, à peine elle se gonfle. Petit coup de dents encore. Je suis responsable du démazoutage, pas le droit à l'erreur, il y a de nouveaux arrivages. Un éclat de voix, ce rire étouffé qui fuse, je me retiens de faire quitter la salle à la niaise trop bruyante. Bec entrouvert sous les néons, maintenus dans l'eau jusqu'au cou, les oiseaux suffoquent. Le bruit, nos mains qui les enserrent, leur plumage souillé, leurs ailes inutiles. Elle est où la mer, il est où le ciel. La peur. Jusqu'à quand. Je découvre qu'il existe un point derrière l'oreille qui lorsque je l'effleure et caresse, les apaise. Leur respiration se pose. Ils ferment les yeux. On dirait qu'ils dorment.

N'apprivoise jamais le sauvage. Aide-le à retourner d'où il vient. Rends-lui ses ailes.

Je rejoins l'hôtel rue de la Perrière au soir. Là, je retrouve les mouettes. Parfois, je bois des bières avec des pêcheurs qui rentrent de leur marée, l'autre peuple du port. Les deux sont les miens.

Maman racontait que j'avais un fou de Bassan. — Et il n'y a qu'elle qui puisse l'approcher, le nourrir, le soigner disait-elle aux infirmières. Elle souriait. Elle semblait fière de moi, de l'oiseau peut-être ? Ou alors c'était la morphine.

On m'a confié le fou de Bassan, l'unique que le centre ne recevra jamais. L'oiseau est très affaibli. Combien de temps est-il resté à dériver en mer sans manger ni boire ? Je le nourris de maquereaux. J'entre dans la stalle silencieusement. Des gants et brassards de cuir me protègent les bras jusqu'aux épaules. Je m'accroupis, j'enserre doucement l'oiseau entre mes cuisses. J'ouvre son bec d'une main lente et ferme, y introduis le poisson, je masse sa gorge puis le long cou pour le faire ingurgiter. Il se laisse faire. Parfois il avale tout seul. Je suis responsable du fou.

Je prends deux jours pour aller voir ma mère. Elle me sourit depuis son lit. Je savais que tu viendrais. Ses épaules frêles. J'ai amené des petits croissants qu'elle émiette entre ses doigts osseux. Le soleil entre par la fenêtre ouverte. On entend le bruit de la rue, roulement rassurant. Pour combien de temps on en a encore ? demande sa voisine de chambre, une femme âgée bien fatiguée. Oh, pour trente ans au moins... répond maman. Quelle horreur, soupire la dame. Vous l'avez dit, quelle horreur ! Maman rit. C'est une farceuse.

Quand je rentre au centre le fou est mort. Comme maman il était épuisé. Son naufrage à elle commence.

On dirait un tout petit oiseau a murmuré papa, quand l'agonie s'est arrêtée enfin. Elle est partie. Tu voleras avec l'aigle, je lui disais. Stupide que j'étais. Qui reprend son envol jamais ? Et comment faire lorsque l'on n'a plus d'ailes.

Dehors il fait chaud et la pièce est glacée, je suis allée voir maman pour la dernière fois. Une chaînette d'argent est suspendue à mon cou depuis des années. Un oiseau de mer s'y balance, cadeau de Marie, ma sœur. Il semble être une part de moi tant il m'a accompagnée dans mes essors, mes errances, mes déroutes ou chutes. Sans doute est-ce un albatros à la forme effilée des ailes, sa tête petite et ramassée, la queue courte et droite. Je n'ai pas osé passer la chaîne autour de la nuque raidie, craignant trop de forcer quelque chose dans le corps silencieux, absent déjà. Je glisse le bijou dans sa paume. Ses doigts sont durs et serrés. Au moins elle ne le perdra pas. Des hommes ont refermé la caisse.

Je suis ressortie et la lumière est un couteau entre mes épaules et la chaleur m'écrase d'un coup. Je suis nue. J'ai peur de me perdre sans elle et l'oiseau. Elle voulait des freesias maman. Il est trop tard dans la saison et ces fleurs-là elles aussi sont mortes. Au bord du chemin je cueille des coquelicots, des marguerites, et de la folle avoine parce que c'est léger. J'ai sculpté un oiseau de glaise pendant la nuit. Un martinet tombé en vol. Ses ailes terrassées, plaquées à terre, lui font comme un manteau. Ou un linceul. Je le pose sur le bois lisse et trop verni avec le bouquet. Quand ils les envoient dans le feu que l'on entend gronder derrière, le cercueil, maman, l'albatros argenté et le martinet de terre, j'ai peur de disparaître avec eux dans les flammes. Mais au fond je n'ai rien à craindre, mon âme les a déjà suivis.

Tout au long de la vie et jusque dans la mort, des oiseaux toujours des oiseaux, flux qui s'enchevêtre et va se perdre un jour, dans quel envers du ciel, vers quel dénouement de quoi ? Crépuscule d'un monde obscurci par des millions de grues cendrées. J'ai rêvé de marées immenses. Elles débordaient sur l'horizon. Où allaient-elles. Dans quel gouffre. J'ai rêvé que maman revenait.

La mouette s'enfuit vers la vague et le ciel ouvert. Un os pointe à travers le plumage de l'aile, et moi je la poursuis sur une plage

immense. Je cours dans la lumière, pieds nus. La mer est loin, trait éblouissant. Je voudrais dire à la mouette de s'arrêter, la supplier de s'arrêter, elle ne peut que se faire plus de mal à fuir. Je me mords la paume et continue de courir. Les roches s'écartent face au soleil. Tout juste il paraît, œuf incandescent qui viendrait d'éclore. L'oiseau se jette dans le brasillement, ailes déployées, éperdu. Mais la lumière se fout bien de lui. Alors il tourne sur lui-même, crie. Enfin, je le saisis. L'estran s'étend à perte de vue. Mes yeux brûlent de tant d'éclat. L'oiseau m'accroche la narine d'un coup de bec. J'envoie la tête en arrière. Le sang coule, pendeloque à mon nez, je ris un instant et l'étreins plus fort tandis qu'il cherche à se libérer encore.
— Mais arrête donc, je gémis, tu vas te briser dans mes bras. Je pourrais le lancer au loin et mords ma lèvre pour ne pas pleurer. La route est longue jusqu'au village. Je lui parle. L'oiseau se calme peu à peu. Aux premières maisons, on s'aime. Je m'assieds sur un rocher. J'ai lâché la mouette. Couchée sur mes cuisses, elle ne bouge plus. Le soleil nous réchauffe. Elle ferme les yeux, peut-être s'est-elle endormie. Je retrouve un mégot au fond d'une poche. On entend l'océan

revenir. Juste elle et moi sur la plage immense. On est pareilles, je lui dis, on ne doit plus se quitter. On est des mouettes bancales toutes les deux.

J'ai ramené la mouette à l'auberge. J'y ai un lit dans un dortoir. Elle dort dans le creux de mes genoux. Je la nourris de poissons que j'achète aux pêcheurs quand ils rentrent à l'aube. Je l'aime la mouette, confiante dans mes bras lorsque nous parcourons les dunes sous la lumière oblique d'un début d'hiver. Au loin l'horizon bleu. L'océan qui s'en va. Puis revient.

Un jour pourtant il me faut reprendre la route. On me parle d'un sauvage, vétéran du Vietnam qui vit dans sa cabane, sur un bout de plage, à quelques miles de l'auberge, entouré d'oiseaux cassés, de bêtes aveugles ou estropiées. Il s'est fait mère nourricière pour eux, recollant leurs os et pansant les plaies.

L'homme est un taiseux. C'est à peine s'il dit trois mots quand il prend la mouette entre ses bras osseux. Les veines saillent sur les muscles de sa peau hâlée et de chaque côté de son front émacié. Je pense au chanfrein d'un cheval. Il se détourne, repoussant d'un coup d'épaule une porte branlante qui n'a plus serrure ni poignée. Je reste plantée un instant contre le panneau de bois avant de me résoudre à quitter le petit coin de marge de l'homme et des oiseaux. Elle était bleu marine la marge. Je pleure. C'est bien de ma faute. Avoir aimé une mouette. Mon autre. Elle était douce entre mes bras. La route est droite entre l'océan et la terre aride, buissons desséchés par le vent salin. J'ai retrouvé mon désert. Je tends le pouce. Très vite, un pick-up m'embarque, puis c'est un camion. Le soir tombe quand l'homme me laisse à Port Orford. Guidée par l'océan que j'entends râler au loin, je marche longtemps sur l'unique route pour m'éloigner de la ville et ses humains qui m'effrayent. Il fait nuit noire quand je rejoins la plage. Dans l'ombre, des troncs énormes me font croire aux silhouettes de géants menaçants. Je jette mon sac à terre et tombe à genoux. J'écrase mon visage dans le sable humide. Il est froid. J'y creuse un lit à la sauvette. Blottie dans mon duvet j'entends la vague. La marée revient. Le hurlement se rapproche, plainte rauque et furieuse elle emplit ma tête. J'ai peur qu'elle m'emporte. Mon cœur bat très vite et c'est un autre bruit encore plus terrifiant. Je ferme les yeux. Est-ce que la mouette va mourir ? Je pense à ma mère qui, elle, est morte. Viens dans moi, reste avec moi toujours, ne me quitte plus, je murmure. J'ai faim. J'ai toujours peur. Je m'endors.

Quand je me réveille, l'océan est parti et moi je suis vivante. À peine me parvient comme un soupir qui jamais ne cesse. Il vient de très loin. Des oiseaux volent dans la lumière. Je reprends ma route. L'océan m'accompagne. Le temps n'est plus rien. Je respire cette grandeur sans nom, la danse du flux et son rivage, l'un caressant, léchant, recouvrant l'autre qui l'attendait et le reçoit enfin, pour le boire, épousailles éternellement recommencées, jamais eux ne seront capturés. Et moi regardant cette chose immense, inouïe, ces vagues plus belles que belles, je voudrais me livrer aux bras des flots pour qu'ils m'étreignent me roulent et me chavirent enfin, qu'ils me disloquent, afin de réunir en eux tous mes morceaux épars. Que pourrais-je craindre ? Je ne suis qu'une fourmi, une toute petite mouche avançant vers le sud, le pouce tendu. Et si une plus puissante me noyait ou me brisait les os, qu'une autre m'enfouisse dans le sable, le monde poursuivrait sa danse et ma mort ne serait qu'une mort d'insecte, une mort minuscule.

*

* *

Il y avait les merles dans la nuit de Fécamp. On entendait la marée tout au loin comme une rumeur, la vague. L'air était bleu sombre, outremer. Ils chantaient. J'écoutais.

Il y a eu des choucas bien plus tard. J'apprenais le métier de bergère. Ce jour-là, nous avions marqué les brebis des armoiries de l'éleveur, avant leur départ en montagne, d'une peinture épaisse, aussi bleue que le ciel sur la plaine désertique de Crau, puis nous les avions traitées contre les parasites à l'aide une grosse seringue à embout rond, introduit dans les bouches veloutées. C'était le temps de l'agnelage. Les bêtes sentaient bon le lait, le suint. Leur souffle précipité exhalait une haleine étrange. Relents doux et acides à la fois, ils se mêlaient à l'odeur âcre de la poussière blonde. La vieille bergerie de pierre était peuplée de choucas. Le patron, craignant des problèmes respiratoires pour le troupeau, nous a demandé de détruire les nids. Je n'ai pas voulu. D'autres l'ont fait. Les chiens se sont occupés des oisillons. J'en avais caché deux dans ma chemise. L'un avait une patte tordue qui s'est atrophiée très vite, perdue sans doute dans l'opération de nettoyage. Ils ont survécu. Très vite ils n'avaient plus besoin de leur cage, fabriquée à la va-vite avec des caisses de fruit. Ils vivaient sur mes épaules, ma tête, s'entraînant à prendre leur envol. Puis ils l'ont pris. Ils n'allaient jamais loin, juvéniles encore. Leurs cris perçants me réveillaient au lever du jour, j'y répondais par un autre qu'ils connaissaient bien.

J'étais rentrée à la caravane chez mon compagnon. L'été s'annonçait brûlant. Déjà l'eau manquait. L'un des choucas s'est envolé un jour dans la pinède, tenant dans son bec la cigarette que je venais de déposer dans le cendrier, allumée. J'ai poussé mon cri. L'oiseau est revenu. J'ai terminé mon mégot. Ni le pays ni la pépinière n'ont pris feu.

Je leur avais laissé des bols de semoule, des fruits, de l'eau quand il nous a fallu partir quelques jours. Nous sommes revenus enfin. J'ai lancé mon appel. Mais la pinède était déserte. Longtemps je les ai cherchés, j'ai attendu leur craillement à l'aube, le rêvais, et alors je me réveillais le cœur battant et bondissais hors du lit. Mais la caravane restait vide. Je faisais le tour des quatre hectares de pépinière, longeant les serres et le potager, arpentais la pinède, traversais la haie de cyprès puis les rangées d'olivier, je rejoignais les grands cèdres. Je poussais mon cri, celui auquel ils répondaient toujours. Les cigales hurlaient. J'allais chercher la plus haute échelle à l'atelier, que je traînais jusqu'à la haie de peupliers. Je la hissais contre l'un d'eux. De là je pouvais voir très loin, les champs voisins, terre ravinée de fin d'été, jusqu'au tracé bleu du canal. Il miroitait. La lumière d'août me brûlait les yeux mais peut-être étaient-ce aussi les larmes. Je scrutais le ciel, cherchant les choucas. Des corbeaux passaient parfois. Étaient-ils des leurs, les avaient-ils rejoints mes corvidés aux yeux bleus ? Je répétais mon appel. Mais aucun ne s'arrêtait jamais. Quelquefois pourtant un cri rauque semblait répondre. C'est l'un des choucas je pensais, bien sûr c'est lui… Le vol d'oiseaux noirs filait au loin dans un ciel intense, immaculé quand ils étaient passés. Les cigales, toujours. Elles gueulaient, ce hurlement strident dans les pins. Moi, je pleurais.

Les corbeaux sur la terre brûlée, ceux de Van Gogh peut-être. Et toi, tu les imagines parmi eux les choucas, encore maladroits, s'appliquant à les suivre, cherchant de l'eau. Cherchant de l'eau.

On castrait les *tardons*[1], écrasant la base des testicules entre les mâchoires d'une lourde pince. Ils ne disaient rien. Leur corps se contractait dans un sursaut l'espace d'un instant, lorsque l'étau de fer broyait le conduit séminal, puis ils se relevaient. On passait au suivant. Pendant la journée, ils mangeaient peu et restaient à la traîne, tête basse. J'ai pris contre moi des agneaux de lait quand ils vacillaient. Les pis des mères étaient vides. La sécheresse fut terrible ce printemps-là en Crau. Les plus faibles basculaient sur la terre aride après avoir tenté de suivre le troupeau jusqu'aux limites de leurs forces. Ils mouraient entre mes bras. Marche et crève. Solitude des domestiqués. Leur patience. Au fond, connaissons-nous davantage des bêtes que leur silence.

Et nous qui voudrions leur attribuer nos désirs, les couvrir de nos oripeaux, leur refiler notre parole comme nous le faisons pour tous les sans-voix, les spoliés, les sans-nom. L'assujetti épuisé, le sauvage dépouillé. Nous avons revêtu sa peau,

1. Agneaux plus âgés qui connaîtront la transhumance.

volé ses attributs de combat pour en orner nos murs, nous emparant de l'animal comme d'un butin de guerre. Qu'en reste-t-il si ce n'est cette image floutée, réduction dans lesquels nous l'avons cloisonné.

J'ai vu des troupeaux décimés par des meutes, brebis agonisantes, poitrail ouvert. Le cœur à nu pulsait encore. Leur regard. Qui va protéger la proie ?

La nuit pâlissait. Mon compagnon dormait. J'étais couchée à ses côtés. Par la fenêtre de la caravane, je voyais les arbres au loin. L'oiselle rampait dans ma manche, petite boule glacée à chaque seconde davantage. Elle cherchait à s'enfouir au plus obscur et au plus chaud de moi au fur et à mesure que le froid la gagnait et que sa vie la quittait. Jusqu'au bout elle a tenté d'avancer. J'ai repensé aux agneaux, ceux dont les mères manquaient de lait en Crau, quand ils chancelaient sous le soleil, jusqu'à tomber, jusqu'à cesser de vivre sans bruit. C'était ce même souffle que je sentais filer, de plus en plus ténu et faible. Et il n'y avait rien que je puisse faire pour le retenir. Il partait, comme toute vie, celle de ma mère ou des agneaux entre mes bras, après avoir longtemps erré dans la peur, la solitude et l'obscur.

Je regardais les peupliers, le ciel derrière, sombre encore. À peine ils bougeaient et comme au ralenti. Le mistral était tombé la veille. Quelque chose m'est revenu alors, de très loin, et qui ressemblait à la légèreté. Il y avait eu un temps où la vue de ces cimes agitées par le vent m'aurait emplie de joie, ouvrant comme une vanne en moi, espoir d'un prochain essor. Un jour, j'avais frémi sur la branche, je tremblais dans la bourrasque, m'étourdissant de tempêtes. Un jour c'était moi le vent, c'était moi la branche, l'oiseau et l'envol.

Au matin, la tourterelle était morte au creux de mon aisselle. Je l'ai posée sur la terre durcie puis recouverte de quelques feuilles. C'était une toute petite oiselle. Son nid avait été détruit par les pies. Sans doute était-elle la seule survivante quand je l'ai trouvée, rampant sous les pins. Elle était nue encore, à peine recouverte d'un léger duvet et comme de filaments, picots jaunâtres, un bec immense, proéminent, le globe de ses yeux presque bleu sous la peau translucide. Je l'ai nourrie pendant deux jours. Parce qu'elle avait froid, je l'avais glissée dans un bonnet que je portais contre ma peau. Ça n'a pas suffi.

*

* *

Une année, après m'être brûlé les ailes un peu plus fort, je suis revenue à la maison d'enfance. Je travaillais la vigne. J'étais très seule. Certains soirs, un crapaud s'invitait. Il toquait à la porte. J'étais assise face au mur. Le bruit discret me faisait sursauter. J'allais ouvrir. La nuit était profonde et pure. L'odeur des lauriers-sauce et de la terre humide entrait dans la petite cuisine froide. Le vent portait des senteurs d'eau. Rivière et océan s'entremêlaient. Je scrutais le noir. Il n'y avait que la masse obscure des arbres, et cette trouée plus claire du ciel entre les branches, limpide. Je baissais les yeux. Ramassé sur lui, le crapaud semblait attendre. Je m'agenouillais pour le prendre dans mes mains. Il avait de beaux yeux dorés. Sa peau fraîche était douce à mes paumes. Elle avait une texture étrange, un peu molle et fripée, quelque chose qui rappelait un testicule d'homme. Cette même fragilité maladroite, un peu laide, pathétique, émouvante. Que voulait-il le crapaud ? Je le gardais quelques minutes entre mes doigts avant de le rendre au jardin. Après, couchée dans la plus petite chambre à l'étage, fenêtre ouverte, j'écoutais la nuit. L'arbre de Judée me tendait ses bras. Je retrouvais les murmures de toujours, froissements dans l'air qui se mêlaient aux sons diffus de la maison muette, chuchotements imperceptibles des poutres, des vieux parquets rongés, le bois et la pierre peuplés de créatures infimes qui avançaient depuis deux siècles dans le secret des murs. Leurs présences emplissaient la pièce. Elles se confondaient aux relents de terre et de feuilles, d'humus. Un merle modulait ses trilles, repris à l'autre bout du ciel, puis un rossignol, leurs chants parallèles, le hululement de la dame blanche déchirant la nuit, celle qui annonce la mort. Nous l'a-t-elle assez portée… la voix enrouée d'un coq, éclat répercuté aux quatre coins du pays, des chiens enchaînés qui se voudraient meute, appels qui semblent s'éteindre pour repartir de plus belle dans la campagne endormie, le cri strident d'une effraie, celui de sa proie faisant écho. Il ne manquait que l'agneau. Où s'en était-il allé, celui qui bêlait dans mes nuits d'enfance ? Le son aigrelet montait dans le noir alors. Il semblait gémir. Je crois qu'on avait tué sa mère.

C'était une belle demeure ancienne, vétuste et froide quand venait l'automne et jusqu'à tard au printemps. Elle paraissait inhabitée, les souris l'avaient envahie. Une forte odeur d'ammoniaque et d'urine me prenait à la gorge lorsque je rentrais de la vigne au soir, et régulièrement il me fallait laver chaque pièce à l'eau de Javel, de fond en comble, depuis les angles du séjour aux moindres recoins des placards, les reins cassés. La nuit, elles sortaient de leurs caches, surgissant de partout.

Un pichet de terre était posé près du lit, sur le sol, pour ma soif. L'eau y était fraîche, presque glacée l'hiver. Une fois, quelque chose a effleuré mes lèvres lorsque j'ai bu, doux sur ma peau, fuyant comme un songe. D'ailleurs je dormais. Et ainsi, nuit après nuit. Un jour j'ai vidé la cruche. Il était très tôt. Une souris infiniment morte et flasque est tombée dans l'évier avec le reste d'eau. C'était donc elle contre mes lèvres, ce baiser étrange chaque nuit, caresse imprécise, presque suave ?

Quand il s'est mis à faire trop froid, j'ai quitté l'étage pour coucher sur le petit divan du séjour, contre la cheminée qui toujours s'éteignait trop tôt, genoux repliés jusqu'à presque toucher mon front. À peine étais-je assoupie que quelque chose de diffus me réveillait, d'imperceptible, dérangeant pourtant. Cela ressemblait à des attouchements légers effleurant mon corps. Je tâtonnais dans le noir cherchant l'interrupteur, le trouvais enfin, et alors je voyais un grouillement déferler dans l'âtre mort, multitude de souriceaux guère plus gros que des noisettes.

Je m'étais relevée une nuit, cherchant un réconfort. Sur la table de la cuisine, des plants d'arganiers tentaient de grandir : tous avaient été tranchés à la base par des dents minuscules. J'ai hurlé mon désespoir en frappant la table de mes mains gercées. Quand j'ai ouvert le buffet c'était pour découvrir le garde-manger dévasté, sa porte grillagée rongée jusqu'au bois. À l'intérieur, paquets crevés, boîtes défoncées, pâtes, semoule, pain, biscuits, le tout, pêle-mêle. Je me suis sentie vaincue. J'ai ramené de la mort-aux-rats le lendemain. Plaçant la boîte entrouverte dans l'angle du buffet je trahissais les petites mères, je le savais, celles qui traversaient la pièce à pas alertes, le ventre plein déjà d'une nouvelle portée. Mais c'était elles ou moi. M'auraient-elles dévorée pour finir lorsqu'il aurait fait trop faim, une nuit dans mon sommeil ? Je leur laissais les restes du garde-manger. Très vite, elles se sont empressées d'y ajouter les sachets funestes…

C'était elles ou moi.

L'été exultait. Je rentrais de la vigne. La maison était fraîche et douce quand j'ai poussé la porte de bois. Son ombre sentait bon l'ancien, la prune trop mûre et le fruit moisissant, le vieux livre, la pierre humide. Sur le rouge des tommettes éteintes, quelque chose d'infiniment fluide se coulait jusque dans le mur. L'avais-je dérangée, la grande couleuvre noire ?

Un jour, j'en suis partie. La maison de famille est froide aujourd'hui, austère du dehors quand c'est l'hiver. Plus personne ne l'habite. Ses hauts lauriers font rempart à la route mauve. Le temps a passé depuis les mouches vertes ou bleues, l'embrasement des étés sur l'or des prunes éclatées. La maison est seule derrière ses volets clos. Le rosier d'antan a poussé, envahi la façade et son mauvais crépi. Bientôt, il cachera les fenêtres du haut. La mère n'est plus là depuis trop longtemps. Je me voulais gardienne du passé, mais il est mort lui aussi. Suis-je devenue geôlière de ma propre tombe ? Un oiseau est entré un jour par la cheminée, ou par les combles peut-être – on entend le vent siffler au travers des chevrons nus quand on monte au grenier. Il a cherché longtemps l'issue. Je l'ai trouvé raidi sur les tommettes rouges de l'entrée. Il avait dû errer plusieurs jours aux traces pâles de guano qu'il avait semé de pièce en pièce. Noir et bleu, il était l'oiseau. Plumage lustré et comme zébré d'un ciel de nuit. Depuis, les fenêtres restent ouvertes à l'étage et les chambres s'emplissent de feuilles à l'automne. Des chauves-souris y ont trouvé abri. La maison n'est pas morte. Plus vivante que jamais sans doute, la nature ayant repris ses droits. Une couleuvre noire a-t-elle fait des petits entre le pisé de ses murs ?

Je vis à quelques pas de là. Vieille petite bâtisse, trois pièces, une cuisine rouge garance comme un cœur sanglant, ma chambre, immense et froide, un ancien chai de terre battue dont j'ai fait un atelier et sa cellule monastique, un jardin tout en longueur enclavé entre deux propriétés, envahi d'arbres et de mauvaises herbes, et qui s'enfuit très loin jusque dans les bois, jusqu'aux chevreuils. Après, la forêt puis les vignes, le grand champ nu du château qui mène à son bûcher. Trois chênes ont pris racine il y a très longtemps dans ma clairière. Un jour j'irai vivre là-haut. Je construirai un pont léger entre les arbres et ferai un abri pour y dormir. De là, je verrai les chevreuils, la rivière, les étoiles et la lune. Et la maison de famille parce qu'il me faut veiller sur elle.

J'avais élagué tout le jour, une mauvaise échelle calée contre l'érable. Ses branches s'élevaient dans les fils électriques. Un oisillon braillait dans la haie. Les montants de bois ont glissé et je suis tombée sur la route. Ma tête a fait un bruit étrange quand elle a heurté le goudron, semblable au son fêlé d'une cruche qui se fend. Même pas morte. J'étais étonnée. Je me suis très vite relevée parce qu'un camion arrivait. L'oiseau avait franchi le bas-côté. Je l'ai cueilli et amené côté jardin. La nuit tombait. Il avait passé la clôture à présent et appelait depuis chez les voisins. Leurs chattes sont des chasseresses. Je l'ai ramassé avant qu'il ne fasse tout à fait noir. Je lui ai donné à boire. Je l'ai nourri. Puis j'ai cousu une écharpe de laine dans laquelle je l'ai glissé. Un berceau. J'avais peur qu'il meure de solitude et de froid alors je l'ai pris dans mon lit contre moi. Dès le lendemain, les enfants des voisins m'ont amené des lombrics déterrés dans leur poulailler.

Le merle mange. Il s'entraîne à voler dans ma cuisine, sur les branches de l'élagage que j'ai rentrées dans la maison et dressées aux quatre coins de la pièce, s'essayant à prendre son essor, de l'une à l'autre. Il dort sur ma poitrine, pépie dans son sommeil. Le chien veille. J'ai fabriqué pour lui une cage très légère. J'y ai placé un bois flotté dont la fourche est son perchoir. Parfois, je la pose sur la table du jardin et je m'assieds à ses côtés. Il regarde les arbres, le ciel, écoute. Je regarde les arbres avec lui. J'écoute. Créature intranquille, j'apprends la paix, femme en course, l'immobilité, mon sphinx de toujours couché à mes pieds.

L'ombre d'un grand oiseau

Un matin le merle ne répond plus quand j'effleure son bec dans un demi-sommeil.

Du plus loin de ta vie, tous ces oiseaux qui s'en vont pour mourir ou meurent contre toi dans la nuit. Tous tes oiseaux perdus que tu cherchais, lançant ton cri vers le ciel vide. Ton appel. Tes oiseaux de passage, tes oiseaux des tempêtes, tes oiseaux toujours rares. Partis.

II

Ils s'enfuient les chevreuils

« Il faut sauver le vent. Les oiseaux brûlent le vent dans les cheveux de la femme solitaire qui revient de la nature et tisse des tourments. Il faut sauver le vent. »

Alejandra Pizarnik,
Œuvre poétique.

La petite fauconne ne dit jamais rien. Elle me fixe de son œil unique et rond, brillant comme un étang noir sous la lune. L'autre est aveugle. Je lui tends un morceau de viande, tranché dans le cœur du chevreuil. Le chien la regarde d'un air songeur et triste, dans l'ambre roux de ses prunelles des étoiles, chevreuils qui s'enfuient au loin... de l'interrogation, peut-être ? Les yeux des bêtes, lustrés d'eau, dans lesquels on peut lire le ciel.

La fauconne, je l'ai trouvée quand c'était l'automne. Les vignes défeuillaient. L'embrasement s'alanguissait de jour en jour au fur et à mesure que les règes[1] se dépouillaient. On aurait dit un pigeon fauve, prostré au milieu du champ.

1. Rang de vignes en Médoc.

J'ai failli détourner la tête et l'abandonner à sa mort. Rien ne vous appartient jamais et qui peut sauver quoi. Je me suis rapprochée. Elle n'a pas bronché. Son œil gauche était tuméfié, suppurant, cerclé d'un rouge violacé qui cachait comme un anneau d'or. J'ai rampé jusqu'à elle. Elle s'est laissée cueillir. Je l'ai glissée contre ma poitrine dans le revers de mon gilet où il faisait chaud et sombre. À la maison, le réfrigérateur était vide et la voiture en rade. Il n'y a pas d'autobus au village. Tombe en panne, tu boufferas des racines et boiras de l'eau fraîche. Même plus d'épicerie pour récupérer les mégots dans le cendrier, à l'entrée. J'ai abrité la fauconne dans un carton, je l'ai recouvert d'un châle. J'y avais glissé des herbes sèches, et des feuilles roussies pour lui rappeler d'où elle venait. Un bol d'eau. Elle devait avoir très soif. Il fallait lui trouver à manger. J'ai fait le tour du voisinage. L'Indien justement partait aux courses. Il m'a ramené du foie frais, un peu de viande, une pommade ophtalmique que le vétérinaire a bien voulu lui vendre. Et une caisse de bière. Déjà au soir, elle mangeait seule. Le premier refuge pour oiseaux était à plusieurs heures de route. J'ai appelé. On m'a indiqué une clinique vétérinaire près de la rivière.

De là, des bénévoles faisaient la route pour ramener les animaux blessés au centre de soins. Un voisin m'y a conduite dès le lendemain. On a attendu longtemps jusqu'à ce qu'une jeune femme se souvienne de nous. De bénévoles il n'y en a pas, a-t-elle dit d'un ton désolé. On est un mouroir pour oiseaux sauvages. Tous crèvent dans leur carton.

Nous sommes rentrés avec la fauconne. J'ai vidé le placard à outils. Recouvert le fond de cartons et de sable, calé des bois flottés pour en faire des perchoirs. Enfin, j'ai fabriqué une porte grillagée, très vite parce que la fauconne attendait, me fixant de son œil grave. Tout de suite elle s'est perchée sur la branche la plus haute lorsque je l'ai glissée dans son nouvel abri. Je l'ai nourrie. Puis je suis ressortie avec le chien. On a longé les bois, rejoint le chemin de terre qui mène aux vignes, continué jusqu'au bûcher du château. Il y a toujours des trésors à glaner là-bas. J'ai trouvé trois chevrons, de la petite planche et deux grands cadres de tableaux crevés. Tout le jour suivant j'ai scié, percé, assemblé, jusqu'à réaliser une cage très vaste et belle. Les cadres m'ont servi de portes. Quand la fauconne s'est retrouvée perchée dans l'angle le plus sombre, on aurait dit un tableau vivant, son œil unique et noir qui luisait dans le clair-obscur.

Il y a des chevreuils au fond du jardin quand tombent les glands à l'automne. Des chasseurs aussi, dans la forêt, derrière. Le chien frémit à chaque coup de feu. N'aie pas peur, je lui dis, toujours je te protégerai. Il me regarde, paupières battues de vieux clébard. Et devant leurs fusils, tu feras quoi ? Sortons, le chien. Et l'on s'en va marcher dans le grand champ près du château pour y retrouver les chevreuils.

Ils s'enfuient les chevreuils, entre les vignes écharpées de brume, dans la demi-clarté du soir, jusque vers les bois profonds et sombres. Ils s'enfuient. Je retiens le chien. Il pousse un bref gémissement, jappement étranglé du chiot qu'il n'est plus.

Il fait froid dans la maison rouge. Le sac de croquettes du chien est percé. Un rat a fait son nid dans la cuisine. J'entends le son régulier de ses dents. Je m'approche sans bruit jusqu'au tas de bûches, darde ma lampe sur deux yeux dorés.

Il me fixe, cesse de ronger un instant, le beau rat blond au poil satiné.

Mon bois de chauffe est rangé contre le mur. Celui pour l'allumage dans la vendangeuse[1] sauvée du bûcher. Le moyen glissé sous le four. Avec cinq carassons[2] et des restes de barriques noircies par le tanin, des troncs trouvés à la rivière, blanchis et polis par les eaux saumâtres, j'ai construit l'étagère à bûches. Démarrer la flamme n'est pas difficile, la suite prend du temps, me cause du souci surtout. J'ai mes outils pour cela, un tournevis plat, mon Opinel, une pointe très fine. J'attrape la bûche. D'abord je l'inspecte, puis je fais sauter l'écorce : des punaises se sont endormies dans l'aubier parfois, avec de très petits insectes, scolopendres dorées et presque translucides, charançons, lyctus. Des cloportes lorsque le bois est humide encore. Ils se sauvent en tous sens quand je les déloge. Dans les crevasses du laurier, ce sont plutôt les araignées qui ont tissé leurs nids, boules cotonneuses que je retire délicatement

1. Petit panier de bois rectangulaire et à fond plat, dont on se servait autrefois pour vendanger.

2. Piquets de vigne en bois d'acacia.

tandis que la mère sort affolée pour protéger sa nichée. L'araignée est très maternelle. J'essaye de l'attraper sans l'écraser et la mets de côté avec son nid dans une anfractuosité du vieux mur. Le poêle attend, bientôt il va mourir. Faut nourrir la flamme ma fille ! Je jette la bûche dans le gros Godin. J'essaye de ne pas y penser. Il doit rester des vivants dedans.

Parfois le feu s'éteint et il faut tout recommencer. Quand le poêle ronfle enfin, j'allume la radio. J'ouvre une bière. Je pense à la fauconne. Je bois toute la bière qu'avait ramenée l'Indien. Droit au but comme une vraie Indienne. On danse avec le chien, il se fatigue bien avant moi, dehors les oiseaux… Dormir dehors avec le chien et la fauconne. J'ai bu toute la bière.

Mon chien est bon. Il s'appelle Le Chien, Mozart ou Mox. Grosse-Bite pour les intimes, parce qu'il en avait une de taille impressionnante quand il bandait encore. Les femelles il les aimait bien mais c'était surtout du sentimental. À se mettre à hurler la nuit entière parce que sa copine d'à côté était prête enfin et l'appelait. Le mal d'amour. Les mâles, c'était pas pareil. Lui il aimait les gros culs puissants, labradors de préférence.

Un golden retriever qui roulait des hanches, ça le rendait fou, plus moyen de le tenir. Non pas une question de domination comme disent certains, quand un chien veut en monter un autre. Non. Lui, c'était la pulsion tout simplement, un amour autrement plus violent et pur parce que venu du fond des tripes. Il sentait bon le sable chaud son labrador… Il a fallu le castrer mon chien. Des tumeurs avaient pris racine. Je les ai vues à l'échographie. Énormes, elles étaient, ondulant sous la peau tendue et violacée de ses belles figues noires. Avant, j'aimais fredonner pour lui le soir, quand il se les léchait consciencieusement : *Mes roupignolles je les fignole et mes roupettes je les bisette, mes ballustines je les rustine, mes jolies couilles je les dérouille, mes orphelines je les câline, mes deux roupettes je les tète, mes beaux roustons je les morfonds, mes coucougnettes je les sucette, quant à mes bourses je les ressource…*

On les lui a coupées. Pour la dernière fois j'ai chanté : *Et mes testicules on les émascule*. Fin de la rengaine. Il n'avait pas l'air de rire le chien. Moi non plus. Aujourd'hui le stimuli est mort, le désir a suivi, les raisons de vivre avec. Je le regarde. Parfois je pense que je suis devenue comme lui, mon Grosse-Bite, avec son membre fabuleux qu'est devenu anodin puisque inutile, à part pour pisser. La fonction créant l'organe soi-disant… Son truc à lui aujourd'hui, c'est la bouffe, moi les petites bières de LIDL au soir, « les Innocentes » comme je les appelle parce qu'elles sont gentilles, et que je m'enquille à gorge déployée parfois, éperdument, pour combler le vide, mater la bête, étouffer la folie, sa braise quelque part enfouie dans un trou de vase obscur et qui cherche son chemin pour retrouver la liberté du ciel. Barrée, éteinte, coupée au ras des couilles pour le chien, de l'âme pour moi. J'ai beau ne pas manger, ça ne revient pas. Et lui a beau manger ça ne revient pas non plus. Et quelquefois, on trouve un oiseau blessé sur le chemin et on croit soudain que la vie va recommencer.

Bien avant lui il y a eu Pépète, une vieille petite beagle timide et bouffée d'eczéma, écrasée entre le Prince noir, jeune labrador à poil ras, et le King, demi-molosse indéterminé mâtiné de pit-bull, famille incertaine dont le seul lien commun était un séjour dans le même foyer SPA. Je les gardais lorsque ma voisine s'absentait. Les deux mâles aimaient bien le canapé. Enfin, surtout le King qui obligeait le Prince noir à s'y coucher, puis le plaquait sur le dos en position de soumission, gorge offerte entre les coussins. Il grondait le King, méchamment, de toute sa puissance de gros mâle invincible. Chevauchant le Prince noir, il remontait sur le divan jusqu'à lui présenter son gland qu'il lui fourrait contre la gueule. L'autre, terrassé, le léchait alors. Il n'avait pas le choix le Prince noir. La Pépète, c'était la reine mère. Elle regardait, d'un air pensif on aurait cru. Je laissais faire. Ça ne me regardait pas leurs histoires. Tous trois avaient pris l'habitude de s'enfuir pour aller courir la vigne. Le King, des gens ont voulu qu'on l'abatte parce qu'il divaguait soi-disant, qu'il avait déterré leurs potagers surtout. On l'a amené chez le véto avec le copain de la voisine. Elle n'a pas voulu venir tant ça lui faisait mal au cœur. À nous aussi, mais il fallait bien quelqu'un pour s'occuper du sale boulot, question que le chien ne meure pas tout seul. Lui le King il était content, il croyait qu'on allait courir à l'océan. Il a vite compris que ce n'était pas la plage quand on l'a hissé sur la table. *Even the Kings got the blues... Life is a beach and then you die.* Je me souviens de son regard. N'en parlons plus. C'est un peu comme l'oisillon lâché trop tôt qui tendait son bec ouvert vers le ciel, la tortue morte de faim, les deux chevreuils qu'un patron de pêche a heurtés avec son 4 × 4, un soir qu'on rentrait de taverne. — Ralentis ! je lui ai dit en voyant les très jeunes sur leurs pattes grêles, indécis dans le halo des phares. Il avait le temps encore de les éviter. Il ne l'a pas fait. C'était aux bêtes de se bouger pas à lui, la route lui appartenait, un vrai costaud qu'avait des couilles, quoi.

Le genre de pensées qui vous referont pleurer tant qu'on sera vivant. On est rentrés une fois que c'était fait. Manquait quelqu'un dans la bagnole. Je me suis saoulée aux Innocentes avec ma voisine qui avait pris de l'avance, le temps qu'on règle son sort au chien. On a bien pleuré. Mais jamais plus on n'a reparlé du King et de cette infamie qu'on lui avait balancée. Lui faire croire qu'il va courir à l'océan quand on l'envoie à la casse. Nos histoires de campagne… Certains à Bordeaux disent qu'on est des consanguins, des primaires, chasseurs-cueilleurs rescapés du paléolithique au moins. J'ai adopté la Pépète et j'ai soigné son eczéma. Elle n'en avait rien à foutre des Bordelais et leur bordel. Elle, elle aimait courir la vigne.

Virgile m'apporte des abats de gibier. Sanglier, cerf, et le cœur d'un chevreuil. C'est pour la fauconne, il me dit. — Mais tu pourras y goûter parce qu'il y en a beaucoup, ajoute sa femme. Et tu peux même garder le plateau. Virgile aime la fauconne, sa femme m'aime bien. Je porte du foie de cerf à la fauconne. Puis je découpe une tranche que je fais revenir, à peine. Je la mange encore saignante. Les forces me reviennent, à chaque bouchée davantage. Dehors, je crois entendre le son du cor. Ils s'enfuient les chevreuils.

La petite fauconne ne dit jamais rien. Bien loin d'ici, des oies crient sur la jetée. Une hulotte pleure. Les grues cendrées sont parties ce matin. D'abord je les ai entendues, puis j'ai senti sur ma peau le long frémissement du ciel. On aurait dit qu'il respirait le ciel. J'ai levé la tête pardessus les vignes. Mes bottes enfouies dans la boue me tenaient si fort au sol, j'ai manqué tomber en me tournant pour les voir. Un vertige. Le vol ondoyait, souple et irrégulier dans le ciel houleux. Ça sentait l'océan. Elles passaient.

Longtemps j'ai écouté, jusqu'à ce que la rumeur s'éteigne. J'ai pensé à un souffle immense. Lentement il refluait, comme une expiration qui n'en finissait plus. Et puis le silence. Le ciel s'était vidé. J'ai repris le travail, courbée sur ma rège, le front tourné vers la terre.

Une année j'ai vécu au rythme des bernaches – mais étaient-ce des bernaches vraiment ? Je quittais le Québec après son long hiver, puis un début de printemps interminable et froid sous tente, me nourrissant de jeunes pousses de fougères cueillies dans les bois. J'ai tendu le pouce direction plein ouest, un sac léger sur les épaules. Dedans un pull, mon duvet, trois rechanges, mes couteaux, un ciré. Ma tente. Nous nous sommes croisées quand je franchissais l'Ontario. *Time to go* j'ai pensé, les oies sauvages sont en route. Elles remontaient vers le nord suivant la fonte des neiges moi je traçais vers la Colombie-Britannique, *Peachland*, *Summerland*... j'y ai ramassé les fruits jusqu'à l'automne. Il commençait à geler en octobre et la vallée de l'Okanogan était blanche de givre quand j'ouvrais ma tente au matin. Lorsque les couvertures ramenées de l'Armée du salut, que les cartons glissés sous mon duvet n'ont plus réchauffé mes nuits, j'ai plié bagage et j'ai tracé. La clameur m'a fait lever la tête juste après la frontière des États. Du fin fond de l'horizon, des lignes diagonales emplissaient les cieux et bientôt j'avançais dans un sillage de voix, chœur aigu soutenu par des caquètements rauques et profonds. Leur vol m'a vite devancée, leurs cris s'éloignaient, mais moi, seule sur la route, j'étais heureuse : nous étions en route vers le sud. Déjà je croyais entendre la mer, le chant de ses baleines dans le golfe de Baja California… J'ai suivi les oiseaux jusqu'au Guatemala, même s'ils m'avaient distancée depuis longtemps, et là j'ai vu un quetzal, le resplendissant au torse écarlate, l'oiseau sacré de la liberté, dieu de l'air, symbole de bonté et lumière, celui qui meurt quand on l'enferme.

Il faisait froid au soir quand je suis allée nourrir la fauconne, derrière nous ce ciel dans lequel les grues étaient passées et avaient appelé longtemps. Il m'a semblé vide. La fauconne me regardait. Elle a mis du temps avant de saisir la viande et seulement quand je me suis détournée. Les poules du voisin ont accouru quand j'ai longé le grillage. Il y en avait de nouvelles, des rousses aux cous nus. Les deux blanches qui sont très bêtes restaient en retrait. Une lune presque pleine paraissait au-dessus des arbres. Fortes marées sur l'estuaire, j'ai pensé, demain il me faudra aller glaner ses berges.

Rosita a deux ânes et six chèvres. Cinq poules. Un coq. Elle cultive le tabac et fait le bûcheron. Rosita n'est plus toute jeune. Elle sait tout faire. A tout vécu. Là elle rentre de pêche. — J'ai une fauconne blessée je lui dis, mais il ne faut pas le répéter parce que c'est interdit. Est-ce vous croyez qu'on m'enverrait en prison pour ça ? Elle hoche la tête. Elle ne sait pas. Elle sort les biscuits. En face de moi la fenêtre et sur son rebord, la fleur rouge que je lui ai donnée un jour. On dirait un dessin d'enfant avec ses grands pétales, déployés autour d'un cœur flamboyant. Dehors il vente. Je vois la cime des peupliers s'agiter terriblement. Les arbres. Eux aussi voudraient s'arracher à la terre, on pourrait croire, au temps des marées du solstice qui poussent les grands vents vers la côte. Ça doit souffler fort là-haut, je murmure. À la rivière c'était terrible, j'ai eu peur pour le filet, elle répond.

Une voisine s'arrête à son tour. On reboit le café. Elle dit que c'est quand c'est le soir que c'est le plus dur. La solitude. Sortir. Des murs. Insupportables. Alors on part avec le chien, nous on ne craint rien on a la fauconne. Après, je rencontre l'Indien. — J'ai une fauconne je lui dis, mais c'est un secret. Les gens au village l'appellent l'Indien. Pourquoi l'Indien ? Il n'a rien d'un Indien. Mais c'est quoi un Indien au fond ? Il cultive sa vigne pour une fille qui ne reviendra pas. Il est un peu seul et boit son vin face au mur quand c'est l'hiver, devant son champ dès qu'il fait beau. Il est très seul. Lui l'a vue, la fauconne, avant qu'elle ne tombe épuisée sur les terres d'un autre voisin, et bien sûr il l'avait remarqué ce petit oiseau fauve qui grattait son champ, cherchant des vers ou des insectes maintenant qu'il ne pouvait plus chasser, tandis que lui sirotait son verre sur la chaise bancale du dehors. On est un peu seuls par chez nous. Comme la fauconne dans sa cage et mon chien qui ne dit jamais rien. Comme la fauconne, oui.

Elle pourrait s'appeler Solitudes ou Silences notre presqu'île bordée d'eau, l'océan à l'ouest, la rivière à l'est, leur rencontre au nord – ancrée entre vignes et forêts qui peu à peu se raréfient, s'estompant jusqu'à disparaître lorsqu'on remonte vers les terres nues de la pointe, laissant place à d'anciens marécages asséchés aujourd'hui. De chaque côté de l'unique route, des petits chevaux et des vaches paissent sous un ciel exténué de course.

J'aperçois un crâne nu et rose derrière la haie d'arbousiers. Bonsoir monsieur César, je dis depuis la route. Oh, venez me voir s'il vous plaît, il répond, mais déjà le chien a poussé le portail. Sa vieille peinture s'écaille sur la rouille. Des éclats déteints tombent à terre, rouges comme les feuilles. D'ailleurs, M. César, assis sous le vieux hêtre tortueux, en a une sur l'épaule, toute racornie. Autour de lui, elles tombent les feuilles. Sur ses genoux, une grosse poule blanche s'étale, bec entrouvert, les yeux mi-clos. La main épaisse dont il manque trois doigts caresse sa tête. Il pleure un peu. — Mais faut pas pleurer monsieur César je dis, il fait beau ! Les grues cendrées sont passées hier vous savez ? Il sourit. Oh oui, il fait beau. Peut-être qu'elles repasseront tout à l'heure ? J'aimerais bien les revoir si je pars ce soir. — Vous allez où monsieur César ? Je ne sais pas. Mais il faut bien y aller ? Alors je l'embrasse et je retire la petite feuille de son épaule.

Rosita a un coq. Parfois, il se raidit et tombe, l'œil blanc. Une jeune poule rousse s'empresse. Elle lui pique gentiment le cou, les commissures du bec, sa crête, comme pour le réveiller. Il se redresse alors. Son absence n'a duré que quelques secondes. Il est épileptique ? je dis. Sûrement, Rosita répond. Ça arrive, je murmure. On boit le café. Elle sort les biscuits. Je regarde le peuplier. À peine il frémit aujourd'hui. Une tourterelle s'y balance, madone au cou mollement penché.

Jour de battue. Un cerf franchit la haie d'aulnes rouges, il bondit, naseaux dilatés. L'arc de son cou se tend dans un déploiement fugace, fulgurant. Je pourrais presque sentir l'odeur musquée de ses reins. Une beauté. L'ai-je rêvée ? Déjà il a disparu dans l'ombre du sous-bois. Des hommes giletés d'orange sont alignés au virage. J'envoie un signe de la main à Virgile qui se tient parmi eux, en deçà du fossé, fusil cassé. Le chien s'écrase dans la voiture quand éclate un long bramement de corne, signal du début de chasse.

Virgile reparaît. Je lui offre un café dont il ne veut pas, il est venu pour la fauconne. Il refuse la chaise. Il s'assied quand même. Je remets une bûche, lui sert le café enfin. Alors il me raconte ce chauffard qui lui a foncé dessus la veille, faisant mine de l'écraser, puis qui est allé porter plainte à la gendarmerie l'accusant de l'avoir mis en joue. Bien sûr ce n'était pas vrai. Il soupire, il est fatigué Virgile. Il parle encore de coupes à blanc dans nos forêts mutilées, fractionnées par de layons qui parquent le gibier, le restreignant dans ses parcours. De la haine des uns, du mépris des autres, d'un milieu urbanisé de plus en plus, l'ensauvagé mis en vivier, que certains rêveraient pourtant d'avoir à leur fenêtre, nouvel écran pour leur plaisir et leur bien-être. Monde trop humain dans lequel les bêtes vivraient en aquarium. Tuer n'est pas un jeu pour un être sensé, me dit-il encore avant de se lever.

Virgile est reparti après être allé voir la fauconne. Longtemps il l'a regardée tandis qu'elle le fixait immobile. Je suis partie fendre du bois. Une salamandre dormait sous le billot. Je me suis déplacée. Je pensais à Virgile, à toutes ces vies qui emplissent les bois. Nous, les humains, on l'a le bocal, mais on a la pilule aussi. Pas elles. Elles ont besoin de se nourrir ces vies, elles veulent vivre ? Quand elles deviennent trop nombreuses, elles meurent de faim ou elles débordent, comme les souris qui couraient sur moi la nuit. Qui m'auraient sans doute dévorée un jour.

Je ne te possède pas petite fauconne, c'est à peine si j'ose refermer la main sur toi quand il faut te soigner au soir. Tu résistes, brandis une serre déployée – rempart ou menace ? – la plante dans ma chair quand je te saisis. J'aime la goutte de sang qui perle sur ma peau parfois. Reste sauvage, mon autre moi qui n'est pas moi. Ma fauconne. La fauconne.

Virgile m'apprend à ne plus te toucher. Il glisse un bâton à l'arrière de tes pattes, faisant doucement appui sur tes tarses. Tu l'enfourches de toi-même et nous laisses enduire ton œil de pommade sans broncher. Virgile sait tout des bêtes. C'est sûr, il les aime.

Une punaise marbrée erre lentement sur la vitre du Velux. Je suis allée chercher la lourde échelle au fond du jardin. J'ai buté dans le noir. Je suis tombée dans la boue et me suis relevée. J'ai rentré l'échelle. Je gravis les échelons un à un. C'est instable. Les montants glissent contre la poutre et sur le sol irrégulier. Je perds l'équilibre, me rattrape de justesse dans un redressement des reins, tourne sur moi-même, bascule – saute enfin. Ma tête heurte le rebord de la cheminée. Je m'écrase. L'échelle est tombée dans un bruit de fracas. C'est mouillé sur ma joue, mon front, ma bouche. Je lèche. Le sang. Je suis donc vivante, encore ?

Falco tinnunculus, ils t'ont appelée, fauconne, du latin *falco*, faucille, pour tes ailes incurvées étroites et pointues, serpes pour faucher le ciel, *tinnitus* parce que ta voix est claire et résonne dans les airs comme une petite cloche. Oh ma muette, te verrais-je un jour, tête inclinée, la queue déployée en éventail, dressée face au vent, les ailes en croix dans ton vol immobile, ton vol de Saint-Esprit ?

Les éoliennes et leurs grands bras ouverts de Christ crucifié. Qui tournent, et tournent et tournent et tournent et tournent et tournent.

Et tournent.

Ils s'enfuient les chevreuils

Le renard a mangé le coq épileptique de Rosita. Petite poule rousse le cherche et se désole devant le tas de plumes que le vent disperse. Elle le cherche son vieux coq. Elle tourne et vire, tente de rattraper une aile que la bourrasque lui reprend aussitôt.

III

La tristesse des grands fauves

« Je rêvais d'être couleuvre. Toute ma vie j'aurais aimé être couleuvre offerte à la lumière, me consumant sous le soleil des jours. Je rêvais d'être le fauve, l'oiseau et l'anguille.

Je cours donc je suis. »

Je suis animal. Tout est animal en moi, dévoyé. Ma bouche est créature inquiète, mi-amphibien mi-poisson. Ses lèvres dénudées sont proies. Elles ont peur. Les abriter, derrière un voile ou une écharpe, refuges pour mes salamandres. J'étais, je suis, je ne sais plus. Je fus têtard baignant dans les marées tièdes d'un ventre, grenouille lorsque l'on m'a tirée de mes eaux obscures. J'ai été la chatte tourmentant sa proie. Agneau, je pleurais ma mère dans le désert des nuits. Je courais, poulain fou, vers la frontière interdite. Le saumon c'était moi encore quand j'avançais à contre-courant, cherchant l'impossible retour vers les eaux perdues. Je suis mouche contre la vitre. J'ai suivi le départ des outardes, enlisée dans le bourbier et je n'étais rien que volaille sous mon ciel grillagé. Je suis cet être hybride qui désirait le fauve et cherchait en pleurant l'oiseau disparu, l'un ma fièvre, l'autre mon essor. Femme à demi-poisson j'ai roulé dans la vague, le vent a galopé dans mes cheveux quand ils étaient crinière encore, j'ai dormi sur le sable, creusé mon lit dans des fossés, la peur au ventre, gibier des bois, me suis nourrie à pleine bouche au ventre ouvert des saumones. J'ai planté mes dents dans la chair du requin pantelant, dévoré le cœur du flétan lorsqu'il battait encore. Sous mes talons durcis des crevasses ont creusé la corne, stries terreuses, empreintes des chemins. Mes cuisses se rappellent la brûlure des ronces quand je courais les bois la nuit. J'ai été la cavale en fuite s'enivrant de tempêtes, le saumon entêté poursuivant sa *run*[1]. Rien n'aurait pu me faire dévier de ma route incertaine quand j'étais la bernache en vol. Chienne sans toit ni maître, j'avais rompu ma longe, m'élançant vers un hasard terrifiant. Certains appellent cela liberté.

J'étais – je suis – hors d'haleine, bête en course. Qui brise mon élan me blesse, qui l'arrête le

---

1. Course du saumon pour retourner vers ses eaux de naissance, pour frayer avant de mourir.

mutile, qui me retient l'achève. Qui m'enferme me tue.

*
*   *

J'ai cessé de manger. J'avais vingt ans. Je rêvais d'être *Birdy*[1], vétéran du Vietnam rendu fou par la guerre et qui se prend pour un oiseau. Je marchais dans les rues de Hong Kong. Les vitres des buildings étaient miroirs au ciel. Au-dessus de Tsim Sha Tsui, un épervier planait. Longtemps je regardais. La lumière était éblouissante quand je tournais la tête vers la rade. Des ferrys orange sillonnaient la baie, parmi des jonques aux voiles bistre déployées, ailes de papillons infiniment légères. Des oiseaux blancs tournoyaient entre les mâts. Mes yeux revenaient suivre le vol lent de l'oiseau. Prends-moi le ciel, emporte-moi d'ici, avale-moi, je criais dans mon cœur. Et c'était la foule qui m'avalait. Mais ce vertige… Corps éthéré, déjà presque je croyais quitter terre quand je le sentais chavirer. Ça ne pouvait que

1. Film américain d'Alan Parker (1984).

mal finir. Non je n'avais pas les os creux, non je n'avais pas d'ailes, et toujours je serais trop lourde pour m'arracher au monde. Au lieu de prendre mon envol, rouler dans le caniveau, ramper sur le bitume. Crever.

Avoir sans cesse cherché à se défaire de l'étreinte, brûlure des corps incandescents, se désunir de sa chair et de ses faims, pour s'y abîmer de plus belle… Mords-moi, brasse mon corps telle la vague, enfouis tes mains dans mes cheveux, plante tes dents de carnassier dans le plus tendre de ma nuque. Moi je boirai à tes aisselles et m'abreuverai de ton suc, brebis ivre du sel de ta peau. Ton souffle. Il revient semblable au flux. Ta peau brûlante, elle roule contre la mienne en feu. Tes reins qui geignent, ton sang qui pulse sous mes doigts, ma gorge offerte à ta morsure, mes crocs dans tes aines, leur goût d'embrun, ton ventre moite, ta sueur, ta semence, tes odeurs, ton cul, ton toi. Es-tu le loup ou bien ma proie, suis-je la fauve ou ton gibier, es-tu capture, moi ta captive ? Je suis fauconne, tu es ma prise, je suis la chair, tu es les dents, tu es le jour quand je suis nuit, je deviens l'aube, toi crépuscule, l'un poursuivant l'autre pour s'en affranchir.

Mais mords-moi, plus fort, baise-moi, arrache-moi à la terre, envole-moi – et toujours je retombe.

Une femme dort entre mes bras, son souffle est ruisseau pour ma soif. Tout à l'heure il était torrent. Mes doigts effleurent le front moite. Des mèches y sont restées collées, arabesques précieuses, filaments d'or, improbables. Je te protège, je murmure, Biche Fauve.

J'ai rêvé d'un entrelacs de chairs ondoyant sous la lune dans un amour étrange, peaux bleuies par l'ombre, l'étreinte d'un cheval et sa cavalière. Qui était l'animal, laquelle était humaine… *J'ai aimé un cheval, qui était-ce, il m'a bien regardé de face sous ses mèches*[1].

La nuit, les bêtes et moi parlons le même langage. Parfois, elles se transforment en plantes ou fleurs, en arbres, et moi de même, mais toujours nous nous comprenons, avec des mots qui nous sont communs. Abolir une parole humaine qui nous séparerait. Retrouvailles illusoires, ou bien ?

1. Saint-John Perse, *Éloges*.

Où es-tu, fauconne, où êtes-vous tous, animaux ? Je parle de toi mais n'est-ce pas moi-même que je raconte au fond ? Je te voudrais ma jumelle, sauvage et mystérieuse. Es-tu mon prétexte, fauconne, figure d'une altérité chimère ? Es-tu une idée, un mythe ? Es-tu réelle encore ma silencieuse derrière tes barreaux ? Es-tu animale la fauconne ? Oui, paraît-il, d'après le dictionnaire, tétrapode à sang chaud, ovipare au corps recouvert de plumes, muni d'un bec dépourvu de dents, appartenant à la classe des vertébrés et dont les membres antérieurs sont des pattes, les antérieurs des ailes, le plus souvent aptes au vol. Tu descendrais même d'un dinosaure avien. Les poules du voisin, elles, seraient des *Gallus gallus*, présentes parmi l'homme depuis trois mille ans avant Jésus-Christ.

Finissaient-elles en sanquette, déjà ? Sang frais de volaille revenu à la poêle, assaisonné d'ail et d'épices…

J'ai aimé un homme il y a longtemps, terriblement. Peau grumeleuse, rongée, alcool et sel. Sous ses lourdes paupières qu'on aurait dites blessées, plombées sur leur secret – était-ce une guerre dont il ne parlait pas –, il avait le regard de ces fauves en cage. Éclat tranchant de pierreries, émeraude, verre brisé, il se liquéfiait coulant jusqu'à moi, glacé et brûlant à la fois. Absinthe ensorcelante, elle s'infiltrait dans chaque fibre de ma chair, me pénétrant depuis le ventre jusqu'à l'âme. Rencontres haletantes et furtives entre deux pêches, deux départs, deux retours incertains. J'étais brebis entre ses crocs, abandonnée chaque aube, consumée et transie quand il me renvoyait au combat, *Kill lots of fish* ! Où est-il aujourd'hui, l'homme dévorant. Me souvenant parfois, je repense à la tristesse d'autres fauves sur une place désertée, un soir, quand une fontaine chantait. Et moi dans mon éblouissement et ma douleur d'enfant, ce désir fou de me livrer au tigre. Entrer dans son exil, pénétrer le secret, forcer les portes de l'oubli, la cage, boîte de Pandore redoutable. Redevenir la bête en me donnant à elle dans une étreinte ultime et déchirante, déchirée.

Sauvagerie perdue, ne l'ai-je jamais connue si ce n'est dans mes rêves. Où sont mes crocs et que sont devenues mes serres ? Mes ailes ? Qu'est-il arrivé à ma crinière de pouliche folle ? Identité refigurée de toutes pièces, moi qui n'ai que des ongles émoussés par la terre, quelques dents fatiguées, à peine une tignasse. Animalité fantasmée, mon « humanité » pathétique. Le fauve je le voulais ma chair, l'oiseau sa délivrance, et sans cesse j'aurais basculé de l'un à l'autre, cherchant la fusion impossible des êtres, m'en arrachant pour un essor qui toujours me lâchait en vol. Éternelle dualité entre l'*anima* et l'*animalis*, part immatérielle du vent contre la violence du feu, celle de l'âme et du corps, le souffle et le charnel. Oh le silence de la fauconne et le mutisme des grands fauves, votre mystère, nos solitudes et ma défaite. Jamais je ne pourrai m'affranchir de moi-même, de ce corps trop humain. Que reste-t-il en lui de l'instinct premier ? Mes entrailles, ma faim, ma violence et ma peur, mon sang brûlant. J'aime le goût du sang sur mes lèvres. Où se trouve la frontière entre la bête et moi pour la franchir enfin ?

La fauconne se tait. Elle me regarde, immobile. J'entends le vent. Un coup de feu au loin. Je frissonne. Elle n'a pas bronché. Au fond, c'est moi l'animal, elle c'est la fauconne.

*
* *

Depuis trois jours, une mésange folle tape au-dehors sans cesse. D'abord j'ai cru à un pic-vert, mais le son saccadé et discret m'a semblé trop proche de la palissade qui me sépare des voisins. J'y avais fixé des miroirs, en hauteur et sur toute la longueur pour lui ôter sa réalité de mur lorsqu'ils l'ont construite. À la place du solide, il y a eu l'air soudain, au lieu de l'ombre, c'est la lumière qui a fait brèche. Le rosier de Banff semble en jaillir au printemps.

Elle s'énerve la mésange, elle tape et cogne encore, que cherche-t-elle vraiment ? Passer au travers le miroir ? Pénétrer l'envers du décor ? Derrière, il y a le ciel. Aller voir le ciel, rejoindre ce petit bout de bleu. Pourquoi, quand il est partout, que celui-ci n'en est qu'un reflet, que dans son dos il est illimité ? Peut-être parviendra-t-elle à briser la vitre. Derrière elle trouvera le mur. Tout ce temps perdu à vouloir comprendre.

*

* *

Qui connaît Loup Bleu et Biche Fauve, ancêtres de Gengis Khan, fils du ciel ? Sa mère elle-même sera fécondée par un rayon de lumière, prenant la forme d'un chien doré. Mythe d'origine mongole, la représentation du prédateur s'unissant à sa proie, s'inverse dans la croyance turque : l'homme-enfant sauvé puis élevé par la louve la fécondera un jour, l'humain s'accouplant avec l'animal, esprit nourricier du monde, gibier devenu époux de la sauvagerie. Sagesse des mythes parfois, quand ils sont réconciliation des espèces, des genres, des castes.

De toutes nos allégories et fresques fabuleuses, j'aime en garder deux. L'image d'une petite belette que plus rien ne peut souiller[1] et celle du corbeau d'Edgar Poe, *Never more*, celui qui

---

1. Christian Bobin, *La Merveille et l'obscur*, entretien avec Judith Brouste, Éditions Paroles d'Aube, 1992, p. 79.

tournoie aujourd'hui autour de mon bras, s'enroule jusqu'à mon épaule jusqu'à effleurer ma nuque. *Jamais plus, jamais plus*... Il me semble entendre le battement de ses ailes, rythmant celui de mon cœur fou, froissement puissant, non pas la soie déchirée des grands vols de grues cendrées mais le claquement sec et violent de draps battant au vent. *Never more, never more*, il croasse, noir comme la nuit la plus profonde et les tréfonds de la mer, noir comme l'exil, la tombe, le non-retour.

*

* *

Quelque part la guerre. Des Falcon sillonnent le ciel. Étranges rapaces d'acier gris-bleu, destruction orchestrée, faux oiseaux de feu – Falcon ? Pourquoi des faucons ? Une effraie crie dans le noir, petite Athéna, sagesse de mes nuits. Elle aussi chasse. Quelquefois, envie de me taire comme la fauconne. Ne plus parler ni même écrire. Ne plus affirmer rien. Ne plus.

*

* *

La nuit j'écoute, fenêtre ouverte. Dehors il gèle. La nuit je suis bernache en vol. Mon corps sommeille, mon esprit bat la campagne, mon âme est en migration. *Restless gull*[1]. Femme intranquille. Je me réveille épuisée, un clou vrillé dans le crâne, mes ailes ont des courbatures. Je vais voir ma muette. Elle me fixe de son œil cerclé de l'anneau d'or. Ma tête est lourde fauconne, ma tête est fatiguée. Couleuvre d'eau de mon enfance, son collier vert, lien d'émeraude, il tourne en moi et m'enchevêtre. Elle aussi, la couleuvre, chercherait la sortie ? Toi derrière ton grillage et tes cloisons de bois, moi ce cercle hérissé de pointes emprisonnant mon front, ma tête me fait si mal fauconne. L'abandonner, mue sclérosée, pour ce corps entravé qui n'en peut plus d'attendre. Il piaffe et tire sur sa longe, il se morfond, se désespère. Partir enfin, moi la bernache en vol qui ne dort jamais que d'un œil. Ce clou dans ma tête, qui l'a planté ? Je lui tends un morceau de viande dont elle ne veut plus. Une rémige se pose sur la nourriture intouchée. Tu la nourris trop m'a redit Virgile hier. Les oiseaux sauvages sont des

1. Mouette sans repos.

guerriers. Il lui faut avoir faim parfois pour désirer vivre.

Et la liberté, Virgile, qui la lui rendra ?

Moi aussi je veux retrouver le désir de vivre. Je ne mange plus, à part de ces abats sanglants, crus souvent. La force me revient alors, avec un sentiment de bien-être qui soulage ma tête affamée, mon corps inassouvi. J'amène sa part à la fauconne. Elle me regarde. Au loin j'entends la meute hurler. Des coups de feu suivent. Les chiens glapissent à présent. Jusqu'au son de corne.

Oh que je l'ai cultivé ce jeûne, cette acuité du ressentir dans une ascèse de tous mes sens, perception démultipliée du monde, attiser le feu du désir encore et encore sans ne jamais rien lui concéder, flamme ardente et douloureuse, corde tendue à se rompre et qui vibre dans ma chair, jusqu'au vertige – va-t-elle se rompre ? Vibrer plus fort. Réalité d'un corps vivant. La bête dans mes tripes qui réclame pitance, geignant comme l'amarre d'un bateau sans erre. Que je l'ai recherché, ce manque, l'urgence dans ma chair devenue moteur me précipitant enfin au-delà de moi-même. Par elle, rejoindre l'univers entier.

Connaître sa faim. Que je l'ai haï et le refuse encore, cet assoupissement du corps. *Je ne souhaite pas d'autre repos que le sommeil de la mort*[1].

Et l'exténuement fauconne, qui nous le rendra ?

Je te regarde – où iras-tu toi, sans la vue ?

Je te tends un morceau de cœur. Tu l'attrapes d'une serre agile, déchires de ton bec un lambeau de chair, le ramènes à toi pantelant. Une goutte cramoisie perle au crochet de ta dent tomiale, glisse sur la cire, aux commissures de ton bec. Une rémige s'est posée, en équilibre sur le bois flotté. Elle reste en suspens un instant, puis tombe. Tu perds tes plumes fauconne, et chaque jour davantage. D'abord, ce n'était rien qu'un duvet léger, d'un roux chamois teinté de pâles taches sombres, puis des sous-caudales finement barrées de noir. Hier, deux plumes de vol, de longues rectrices étroites et pointues. Tu perds tes plumes fauconne et ça me fait peur. Bientôt elles vont parsemer le fond de la cage. — Est-ce que tu mues, fauconne ? Les poules le font bien en hiver.

1. *Les Nourritures terrestres*, André Gide.

Une fauconne devient-elle volaille lorsqu'elle a connu la prison ?

Prête-moi tes ailes fauconne, je te donnerai mes yeux.

Depuis deux jours, tu t'accroches au grillage de la cage lorsque j'arrive au matin. Prête à l'envol ? Fauconne qui ne dit jamais rien, veux-tu me crier enfin qu'il te faut y aller à présent, que l'appel du vent te tire au-dehors, vers le grand ciel de décembre ? Tu lances ta nourriture à terre. Tu n'en veux plus. Tu veux sortir. Vas-tu mourir d'ennui et de chagrin, tel le quetzal, l'oiseau fabuleux, celui qui meurt entre ses barreaux ? Et si le tuer est un crime, n'en est-ce pas un de te garder prisonnière ?

Ce matin encore la fauconne a bondi vers moi, accrochant ses serres aux mailles d'acier. Le ciel plombé des jours passés s'était ouvert dans la nuit. J'avais rêvé d'une montagne en feu, de bateaux larguant vers un horizon noir, de mots – ils m'échappaient, flux et reflux, torrent incontrôlable, moi sur la berge, enlisée dans la vase jusqu'à la taille, cherchant le fil, cherchant l'issue, Icare tentant de fuir son Minotaure, où s'est enfuie mon Ariane… Rattraper mon corps en fuite tel l'un de ces navires. Mais il m'a devancée mon corps et déjà il est loin. Ma tête me fait si mal, fauconne. Qu'on me l'arrache ce cerveau, mon âme c'est mon ventre, ma seule mémoire mes entrailles et celle de l'animal en moi. Tout le reste est littérature et je la laisse aux plus malins. Moi je veux les viscères, le cœur de la bête, sanglant entre mes dents.

IV

Les chauves-souris ont-elles froid ?
(J'ai lâché la fauconne)

« Pas d'aile, pas d'oiseau, pas de vent, mais la nuit, Rien que le battement d'une absence de bruit. »

Eugène Guillevic, *Sphère*.

J'ai lâché la fauconne après les grands vents. Sans doute va-t-elle mourir. Je n'avais plus le droit de la garder. Elle voulait partir. Son envol était lourd et presque maladroit. Elle est restée longtemps accrochée, calée dans la fourche d'un jeune acacia. Indécise, elle semblait m'observer. Je suis partie alors de peur de la reprendre. Quand je suis revenue deux heures plus tard, elle n'était plus là. La nuit j'ai pensé à elle. Il pleuvait. Au moins la tempête était passée. Je l'ai cherchée dans les arbres au matin. Ils sont si grands les arbres. Je n'ai rien vu de la fauconne, juste le ciel blanc et des cimes dépouillées.

Où est-elle la petite fauconne borgne ? Peut-être avait-elle oublié le poids de ses ailes dans l'air, leur vigueur et leur faiblesse aussi quand elle s’est envolée. Tout de suite, elle s’est posée à la croisée des premières branches, comme épuisée, m’observant de loin. Je suis partie alors, trop tentée de la cueillir une deuxième fois afin de la protéger encore, juste un peu, mais la nourrir, oh oui. Les poules ont accouru vers moi jusqu’au grillage. Peut-être espéraient-elles des pâtes. Je leur en avais donné la veille. Une retardataire arrivait ventre à terre, cul nu, le jabot déplumé, la peau des cuisses à vif d’un rouge cramoisi. Elle s’est pris trois coups de bec, est parvenue quand même à piquer une épluchure qu’une autre lui a reprise aussitôt. Les deux blanches regardaient d’un œil rond, indécises, en penchant doucement la tête. La bannie hésitait. J’ai tenté de lui lancer un biscuit, ramolli au fond de ma poche.

La curée.

Elle voulait partir. Elle voulait voler à nouveau. Et moi j’avais peur que le chagrin la tue. Les grands fauves en cage n’en mourraient pourtant pas ? En meurent-ils ? Quand je suis revenue la fourche était nue. Longtemps je l’ai cherchée, jour après jour, levant la tête vers les cimes. Je ne l’ai jamais revue. Les arbres sont trop hauts et moi trop petite. Et puis je n’ai pas d’ailes pour aller là-haut, visiter la grande jungle du ciel où passent les oiseaux et chassent et vivent et s'entre-tuent parfois.

La nuit, j'écoute le vent. Il tisse mes rêves, les enchevêtre. Parfois il les dénoue. La nuit je pense au vent. Le chien m'a rejointe. J'entends son souffle lent. Parfois il gémit. Je le pousse de mes jambes, à peine, j'entends un long soupir. Il se détend dans le creux de mes genoux. Par la fenêtre ouverte je vois les branches de l'érable. Derrière il y a le ciel. Ce matin à l'aube l'arbre était givré. J'ai pensé à la fauconne et je me suis levée. Le jour était loin encore. J'ai remué les cendres dans le vieux Godin. Il restait des braises. Le feu est reparti. Alors j'ai mis la bouilloire à chauffer. J'ai bu un café et l'on est sortis. J'ai suivi le chien.

Ils avaient arraché des vignes au château. En avaient fait des tas énormes avec un bulldozer. Perchée sur l'un d'eux, je tentais de démêler les souches, entremêlées aux carassons dans le fil de fer. Du bois pour l'hiver prochain dont il me faudrait encore déloger chaque petite bête. Un chevreuil est passé dans le champ d'à côté. Le chien ne l'a pas vu. Je me suis blessée sur un clou rouillé. Ma main saignait. J'ai léché la plaie. C'est alors que la rumeur nous est arrivée du plus loin du ciel, grelots doux et traînants, fatigués peut-être, comme ensommeillés, un bruit de ruisseau qui s'en reviendrait d'au-delà des mers. Mais qu'est-ce que c'était ? J'ai levé la tête et me suis mise à pleurer, un hoquet qui semblait ouvrir ma poitrine en deux dans un grand soupir. Les grues cendrées étaient de retour !

J'ai travaillé longtemps à dégager les ceps. Je les ai mis de côté ensuite. La châtelaine est passée et nous avons parlé des vignes. Je lui ai raconté le flux qui s'arrêtait parfois – et pourquoi ? – jusqu'à faire mourir le cep et la bête, l'arbre et l'humain. Je lui ai dit la fauconne et les grues cendrées, elles qui sont l'autre flux du ciel. Quand elle est repartie, j'ai repensé au temps où je courais les routes et dormais sous les bateaux. C'était l'hiver. Ça sentait l'étoupe, l'huile de lin, le bois détrempé, le varech, mon sac de couchage humide qui puait le fauve. J'entendais la mer, blottie sous les coques. J'avais froid souvent. Un vieux pêcheur en rade me donnait de la soupe chaude. Il m'avait offert un pistolet et des jarretelles rouge grenat, trouvées à l'Armée du salut.

Elles étaient belles. Je les portais sous mes joggings élimés, mes sweaters de coton dont j'avais taillé l'encolure au couteau.

Nous suivions le passage des cygnes sauvages, assis sur un trottoir détrempé. — J'ai longtemps aimé chasser, il racontait. Un jour, j'ai tiré une oie des neiges dans son retour de migration. Le ciel en était empli. L'oie est tombée. Immédiatement son partenaire a quitté le vol et l'a rejointe. Je l'ai tué aussi. Quand j'ai vu les deux oiseaux gisant à mes pieds, le poitrail sanglant de l'un mollement posé sur le jabot de l'autre, les cous comme entremêlés, j'ai su que je ne pourrais jamais plus chasser. Deux prises d'un coup, c'était trop facile.

Est-ce que j'aurais dû la laisser repartir la fauconne – elle a hésité longtemps, depuis deux jours elle hésitait lorsque j'ouvrais sa porte. Elle avait comme un frémissement, fixant l'au-dehors qui devait lui sembler béant. Pour finir, elle retournait se terrer au plus profond de sa cage. Enfin, ça lui a pris. Ses ailes se sont plaquées sur le grillage de la porte entrouverte, serres jaune vif aux ongles très noirs s'accrochant aux mailles, elle voulait partir, non ? Elle devait partir ? La surprise j'ai eu l'impression quand elle a repris son envol.

Est-ce qu'elle m'attendait dans la fourche de l'acacia ? Est-ce que ce n'était qu'un coup pour rien ? Voulait-elle seulement essayer ses ailes, savoir si ça marchait encore ? *Juste pour me souvenir tu sais... mais reprends-moi un peu encore, je ne suis pas prête.*

Je n'aurais pas dû lâcher la fauconne. Je n'aurais pas dû. C'est devenu un chagrin sourd, une question lancinante dont je ne veux pas connaître la réponse, quand tombe la nuit, que le brouillard s'épaissit sur les vignes. Elle est où la fauconne ? T'es où ? T'es où fauconne ? C'est donc ça la liberté ? Je demande au chien, le droit d'aller mourir de faim et de froid quelque part ? Au fond je le savais, toi aussi le sais, je lui dis encore. Il me regarde. Lui non plus ne dit jamais rien.

J'ai rêvé de camps et leurs barbelés, d'un halo de miradors, uniques phares dans la nuit glacée, de peuples qui avancent sous un ciel de cendre, fuyant les décombres d'un horizon ensanglanté. L'innommable. L'épouvante et le non-retour. J'ai rêvé de feu, Alep, Kaboul, Mogadiscio, Gaza… Ravages. J'ai rêvé d'autres enfermements dont le corps en était les murs, maladie, folie. Forteresse. Pas d'issue. Oiseaux englués dans la marée putride. Et les images tournaient en boucle, à l'infini, éternel recommencement. Je me lève. Lumière blanche, ciel bas. Quand les rêves de la nuit deviennent plus prégnants que la réalité du jour. Il pleut.

Je rentrais de la vigne. Un corbeau errait, plumage lustré couleur de nuit. L'une de ses ailes traînait à terre. Mon cœur s'est réveillé. T'es où fauconne, j'ai pensé, à peine je t'ai perdue que paraît un corbeau blessé ? J'ai couru jusqu'à la maison rouge. J'avais dans la vieille armoire d'anciens rideaux de tulle. Je suis revenue vers la route, l'oiseau fuyait en direction des champs. J'ai lancé le voilage, filet léger, mais l'oiseau était plus rapide. Il s'épuisait à m'échapper. J'ai renoncé. L'ombre gagnait. Je suis rentrée. J'ai fait du feu. J'ai pensé aux chats. J'ai rêvé à lui et au corbeau d'Edgar Poe, le *Never More* étreignant mon bras de ses deux ailes repliées.

Au matin, un oiseau sombre divaguait encore le long du fossé. Jusqu'à la détonation brève et définitive jaillissant depuis chez les voisins, la carabine à air comprimé du gamin sans doute. Au bord du chemin, il n'en restait qu'un lambeau d'aile noire quand je suis repassée.

Cette chose que j'ai traînée dans moi tout le jour comme une bête blessée, de quoi, de qui, je ne le savais même pas. Le soir tombait, trop beau sur les vignes nues. Et moi je n'étais dans rien, les pieds rivés à la terre froide, fixant des arbres qui s'élançaient vers un ciel inaccessible, lumière de Grand Nord, translucide.

Tout le jour, les chasseurs ont traqué la bête. À six heures du soir, le ciel s'éteignait derrière les grands pins. Il y a eu trois coups de feu très sonores. Le chien a eu peur. Après on a entendu la corne de chasse. Fin de battue ou mise à mort ? M'est revenue une poursuite où c'était moi la bête. Un long hurlement rauque déchirait mes tympans. Oh que je l'ai rêvée la balle, celle qui devait me faucher en plein dos. Au fond je l'espérais. Mourir hors d'haleine, abattue comme un gibier, ma vie leur échappant pour une éternité dans laquelle je perpétuerais ma course à jamais. Liberté, unique raison de mourir, je l'ai compris à cet instant. Ils m'ont prise, ceinturée, plaquée au sol un genou dans les reins. Écrasée à terre, vaincue, j'ai réalisé d'où venait le cri. C'était moi le cri. Après, j'ai compris pourquoi les mouches contre la vitre m'emplissaient d'une telle angoisse depuis l'enfance. Derrière il y avait l'emprisonnement, la mort lente et sournoise, l'exil et le déclin. Le *Never More*.

Il fait beau. Le vent souffle. Le vent toujours... Je pense à la fauconne, au corbeau à l'aile blessée que j'ai laissé mourir. Grandes marées sur l'estuaire. Les eaux grises de la rivière sont lourdes, chargées de troncs qu'elles abandonnent derrière elles. Et moi, demain, j'irai ramasser des trésors sur les berges grises. C'est seul la vie sans la fauconne.

La chatte joue avec l'oiseau derrière la porte vitrée. — Oh... je murmure. Rosita se retourne, hausse ses épaules maigres. Qu'elle reste dehors la minette, elle va encore me foutre des plumes et du sang partout. Je ne dis plus rien et baisse les yeux sur mon café. De toute façon, il est mort le verdier.

Il fait toujours aussi beau. Cela en devient poignant. L'imminence d'une chute, la certitude d'un déclin qui ne peut plus qu'arriver. L'annonce d'une fin. Le froid persiste, arbres givrés au matin. T'es où fauconne, t'es où. Je n'ose plus aller dans les bois de peur de te retrouver morte et ne m'aventure que jusqu'à la limite des chênes. Les poules du voisin arrivent en courant, ailes écartées, le cou en avant, jusqu'au grillage qui nous sépare. Il en manque. Certaines ont dû perdre la tête aujourd'hui. Il y aura sanquette chez leur patron ce soir. Oh mes jolies, oh mes chéries, oh ma fauconne. Pauvre de vous, pauvre de moi.

J'ai rêvé qu'on avait laissé devant ma porte un oiseau blessé. Un geai bleu, me disait-on. Un geai bleu ciel. Un « j'ai tout le bleu du ciel entre mes mains ». J'ai rêvé que je faisais venir une remorque de viande, crue et sanglante pour nourrir la fauconne. Elle avait faim, elle avait si faim ma pigeonne fauve. J'ai rêvé qu'elle était vivante.

Petite fauconne est morte je crois. J'ai vu dans la forêt un tas de plumes chamoisées.

Un homme s'était mis à chanter. Je terminais ma rège. Je me suis redressée. Un instant, j'ai eu le vertige. Les rangs serrés des vignes s'étendaient très loin. Et ça s'alignait à l'infini sous un ciel bas. On aurait presque pu croire à un cimetière de champs de bataille, ces ceps nus et noirs s'érigeant comme des croix dont il aurait manqué la tête. Mais les vignes dormaient et bientôt le soir serait là. On le devinait aux rayons pâles, plus rouges à présent, lumière oblique et douce d'un soleil givré. Les nuages qui nous arrivaient de l'ouest, la marée sans doute, se sont écartés d'un coup et j'ai eu l'impression que la masse houleuse cédait sous le poids du ciel quand tout s'est illuminé de cuivre. Le chant est monté des vignes alors comme s'il louait la beauté du monde, celle du crépuscule et des cieux en feu. Les paroles s'enroulaient, se déroulaient, ondoyaient. Sinueuses, elles tournaient, portées par la monophonie des notes orientales. La voix râpeuse s'alanguissait jusqu'à presque mourir avant de reprendre un essor plus puissant et plus clair. J'ai tourné la tête. Au loin, j'ai reconnu un des ouvriers marocains du château. Il avançait tête haute, un marlin sur l'épaule, trois carassons sur l'autre. Il semblait danser avec son chant tant son pas était léger. Longtemps je l'ai écouté, et puis j'ai eu froid.

M. César pleurait encore devant sa maison. Cette fois c'était le chat qu'il tenait entre ses bras. Le matou dodelinait de la tête les yeux mi-clos, gros et blanc comme la poule d'il y a trois mois, un air de béatitude dans son corps épanoui, abandonné aux caresses des doigts gonflés d'arthrite. — Vous allez avoir froid, monsieur César, la nuit est bientôt là, vous devriez rentrer chez vous. — Non, je rentrerai plus. — On peut dire que vous avez un don pour endormir les animaux monsieur César, j'ai continué. Mais faut pas pleurer. Les tourterelles vont passer bientôt et peut-être que vous les verrez cette fois ? — Je pleure ma fille. — Laquelle monsieur César ? — La toute petite dernière, celle qui s'est pendue dans ma salle de traite. — Vous n'avez pas de vaches monsieur César, et votre fille elle va bien, à part son dernier-né qu'est en prison mais il devrait sortir bientôt. — Vous êtes sûre ? — Oh oui, je crois bien monsieur César ! Il avait pris trois ans et il arrive au bout. Mais là vous devriez vraiment vous mettre au chaud, vous tremblez monsieur César et vos lèvres sont toutes bleues !

M. César c'est Paloma qu'il pleure, sa femme. Elle se prenait pour une palombe tout juste revenue d'Afrique et attendait la migration d'automne pour y retourner avec les siennes. On l'a enfermée dans un Ehpad parce que sa tête se faisait la malle et elle aussi des fois. Elle est morte sans revoir les grands vols, pensant qu'elle pourrait les rejoindre un jour. Elle est morte en cage Paloma.

Paloma et la fauconne, même combat je lui dis. Je ne sais pas s'il m'a comprise. Il sourit et lâche le chat qui roule à terre. Je rentre.

Les cloches sonnaient lentement. La voiture noire s'est garée et l'on s'est écartés. Des hommes en noir ont sorti le cercueil et sont entrés dans l'église. Des gens suivaient. Virgile était là.

Pourquoi t'as relâché la fauconne, il a dit.

Elle voulait partir.

T'es conne.

J'voulais pas qu'elle meure dans sa cage.

Elle aura crevé de faim dehors.

Ne me dis pas ça, j'ai murmuré, ne me dis surtout pas ça. Je voulais qu'elle vive.

T'es conne, il m'a redit plus gentiment.

Le prêtre a entamé un hommage en mémoire de M. César. J'ai pensé qu'il oubliait Paloma et les grands vols de palombes. L'assemblée s'est assise. Il m'est venu à l'esprit que ces oiseaux qui mouraient, ne cessaient jamais de mourir, c'était la vie sauvage avant que d'être la vie tout court. On ne peut jamais rien retenir, on ne peut rien sauver, tout vous échappe toujours, ça ne cesse de mourir, partout, sur la terre comme dans les airs.

Peut-être ai-je commis une grave faute en voulant soigner la fauconne, et avant elle tous les autres. Peut-être irai-je en prison pour cela. J'espère qu'il y aura une fenêtre. Et un morceau de ciel grillagé au-dessus d'une façade de béton gris. Et derrière le filet, des oiseaux qui passent. Des martinets peut-être ? Ou un choucas, des pigeons, une hirondelle ? Des oiseaux. Qu'il y aura des oiseaux dehors, traversant l'uniformité du jour.

Elle parle Rosita, moi je regarde le ciel. Ça doit être merveilleux là-haut, je dis. Elle sert le café. Je regarde le vent.

Je suis retournée chez l'Indien, lui qui avait vu la fauconne en tout premier lorsqu'elle grattait le sol misérablement. Peut-être serait-elle revenue errer près de son vaste champ s'étendant jusqu'à l'horizon et la rivière bien au-delà. La maison était fermée. Le volet de bois tiré sur la porte. J'ai buté sur un moellon de pierre en voulant la contourner, me suis rattrapée à une petite table de fer, bancale. À côté, une chaise de bois blanc sur laquelle je me suis assise. J'ai attendu longtemps, espérant voir une ombre rousse fourrager la terre, comme s'il m'avait été possible de retourner en arrière afin que tout recommence, l'oiseau entre mes mains serrées, son frémissement au chaud de ma poitrine, le cœur d'un chevreuil et le foie du cerf que je découpe, pour elle la fauconne. Mais le champ restait nu. Elle ne revenait pas. Alors je me suis levée et je suis rentrée. Jamais je ne la verrais prendre son essor pour s'élever face au vent, battant des ailes, tête basse, immobile, suspendue au ciel par un fil invisible.

Le chien m'a guidée. D'abord, nous avons suivi le chemin qui serpente entre les vignes, les ruches bleues camouflées dans les herbes hautes, brûlées par l'hiver, le petit bois de châtaigniers puis les grands pins du virage. Un acacia avait été arraché par la dernière tempête et le fil du téléphone pendait à terre dans le fossé empli d'eau, entre les jonquilles sauvages. Mais des fleurs il n'y en avait plus. Arrivés chez Virgile, les chiens de chasse ont hurlé. Sa femme est sortie et m'a offert le café. Virgile était au bois. On entendait sa tronçonneuse au loin vers le canal. On est repartis. La pluie arrivait. Le chien a pris les devants encore. Passé la butte et les dernières maisons, il y avait la voie ferrée. Le chien s'est arrêté enfin. On a regardé longtemps le tracé sombre du ballast, les rails qui s'enfuyaient jusqu'à l'horizon. La brume les avalait peu à peu. Et puis quand on a été trop trempés, le chien a fait demi-tour et je l'ai suivi. La nuit j'ai rêvé à nous deux, attendant un train qui jamais ne viendrait plus.

L'éditeur ne répond pas. Le flux s'assèche. Les mots me fuient. Ils m'ont quittée avec la fauconne tels mes oiseaux de passage. Quand le bocal se resserre, certains me reviennent mais ils mentent ou m'échappent encore, créatures farouches qui refusent de se livrer. Au fond, les mots sont semblables aux bêtes. Ils mènent leur propre vie, suivent leur propre fil. D'eux ne me restent que des coquilles creuses, mues desséchées, gangue trop étroite que ce sens dans lequel je voulais les enfermer. N'ai-je pourtant pas appris enfant que posséder était tuer ? Vouloir leur insuffler ma vie, les ranger dans un ordre qui serait le mien, n'est-ce pas déjà me les approprier ? Les mots ne sont que des mots, passagers volatils, fluctuants, semblables aux marées, puissants comme le tonnerre parfois. Rien ne peut les retenir captifs. Seul reste leur chant, le bruit de leurs ailes lorsqu'ils rejoignent le vent, dans ce grand pays plat qui pourrait s'appeler solitudes ou silences. Ma maison est un désert, prison que j'arpente, me cognant à ses parois comme ces mouches de fin d'été, puits sans fond dans lequel je sombre, mer des Sargasses où vont se perdre les vieux rafiots déboussolés. Le chien est ma bouée. Je suis un triton noyé dans la vase, le serpent se dévorant la queue. Il tourne et tourne sur lui-même, s'empoisonnant de son venin chagrin. Flux de mon sang dans mes artères, ce corps qui se rappelle depuis la nuit première, l'animal, dans chaque fibre de ma chair, le seul qui sait la course, le combat, sa blessure. Le retrouver lui et sa fureur. Je file à la vigne. Il n'y a plus de fauconne. L'éditeur ne répond pas.

Le silence depuis des jours, à part le vent, les murmures de la nuit, le bruit des voitures qui passent au matin, plus tard les tracteurs, le feu qui ronfle au soir, les petites bêtes qu'il faut retirer du bois. Seul reste le chien, unique certitude de mon existence. Je suis allée à la vieille maison nettoyer le toit. Grand beau temps depuis trois jours, cru et venteux. Il avait gelé pendant deux nuits et ma vigne était grillée. J'avais un peu froid sur le toit, je suis rentrée pour boire un Ricoré. Dans le vieil évier de la cuisine – elle était glacée –, une petite chose a attiré mon regard, brune sur l'émail blanc quand j'ai rempli la bouilloire. Je l'ai prise pour un bout d'écorce. Ça semblait velouté. Dans ma main c'était doux, presque tiède. Après, j'ai compris que c'était une petite chauve-souris en hibernation. Mais d'où avait-elle pu tomber sans que ça l'ait réveillée ? Je l'ai gardée longtemps dans ma paume entrouverte, réfléchissant à où l'abriter pour qu'elle dorme tranquille jusqu'à la fin de l'hiver. Je m'étais assise au soleil, protégeant ses yeux de mes doigts repliés à cause de la lumière. Les grands lauriers bruissaient. J'avais moins froid. C'était joli. J'ai longuement cherché dans la maison et puis j'ai trouvé un sabot de bois dans le grenier. Je l'y ai glissée avec quelques feuilles. Et puis je suis partie. Le soir dans mon lit j'ai pensé que j'aurais juste aimé une vie qui serve à abriter les chauves-souris en rade, les petites fauconnes borgnes, les tourterelles au cou tordu, les bêtes blessées et qui ont faim et soif, les crapauds aux yeux d'or et les araignées, celles qui tentent de sauver leur nichée quand je fous la bûche au feu, et même les mouches contre la vitre – loin de ce monde d'humains, avec mon chien qui lui est bon, et j'ai pensé encore qu'un jour je ne parlerai plus, n'écrirai plus. Rejoindre le silence des bêtes.

Est-ce que les bêtes se torturent entre elles ? Les chauves-souris ont-elles froid ? Les fauconnes borgnes peuvent-elles survivre ? Autant de questions qui emplissent mes nuits. Et je rêve que je te sauve, toi mon chien se noyant dans les eaux noires de Venise. Je me réveille. J'entends le souffle lent du chien. Il fait sombre encore. Bientôt l'aube.

*

* *

J'ai seulement voulu parler d'une petite fauconne borgne et à travers elle, de tous ces oiseaux partis que j'appelais en pleurant, de la vie que l'on ne peut enfermer, de la liberté fragile du sauvage, du mourir sans nom au bord du chemin ou tué par plus puissant, de cette altérité à tout jamais perdue, part animale, enfuie avec les autres. Je voulais juste… Mais cela ne veut rien dire au fond. Douceur et cruauté, entre les deux, il y a la fauconne.

Remerciements

À Virgile pour la fauconne.
À Rosita pour le café.
À l'Indien pour la bière.
À tous les autres.

Table

Cet ouvrage a été mis en page par IGS-CP
à L'Isle-d'Espagnac (16)

CET OUVRAGE
A ÉTÉ ACHEVÉ D'IMPRIMER
SUR ROTO-PAGE
PAR L'IMPRIMERIE FLOCH
À MAYENNE EN AVRIL 2023

N° d'édition : 447520-0. N° d'impression : 102483
Dépôt légal : août 2023
Imprimé en France